KB012022

내 인생의 모든 개

흄세 에세이 003

내 인생의 모든 개

ALL THE DOGS OF MY LIFE

엘리자베스 폰 아르님 | 이리나 옮김

차례

일러두기

1. 번역 대본으로는 Elizabeth von Arnim, *All the Dogs of My Life* (Virago Press, 2006)를 사용했다.
2. 주석은 모두 옮긴이 주다.

제1장

우선 나는 부모, 남편, 아이, 연인, 친구가 모두 나름대로 중요하지만 그들이 개는 아니라는 말을 하고 싶다. 남편이 아니라 아내인 것만 제외하면 나도 앞에서 언급한 각각의 위치를 모두 경험해보았기에 내가 무슨 이야기를 하는지 잘 알고 있고, 인간의 사랑에 필연적으로 동반하는 민감한 기복과 삶의 우여곡절과 매일의 질곡에 이골이 나 있다.

개는 이런 기복에서 자유롭다. 일단 사랑하면 마지막 숨을 쉬는 순간까지 변함이 없다.

나는 그런 식의 사랑을 좋아한다.

그래서 개에 관해 쓰려는 것이다.

지금까지 내게는 개 열네 마리가 있었지만, 개가 있었

던 시기가 인생 전반에 고루 펼쳐져 있지는 않다. 수년 동안은 한 마리도 없었다. 처음 내 개들에 관해 써야겠다고 생각했을 때 이 점에 깜짝 놀랐다. 여러 해 동안 개가 없었다는 사실 말이다. 도대체 내가 왜 개 없이 살 생각을 했을까 의아하기만 하다. 어떻게 훌륭한 개를 기쁘게 해주지 않고 산 기간이 그렇게 길 수 있었을까?

최근 들어 이 질문에 대한 해답을 얻기 위해서 지나온 날들을 찬찬히 되짚어보았다. 먼 과거에는 확실히 아버지 때문이었던 것 같다. 차근차근 설명할 테고 나중에는 다른 이유도 있었으나 처음에는 역시 아버지 때문이었다. 아버지는 개를 좋아하지 않았다. 아버지는 편안함이라곤 찾아볼 수 없는 까다로운 사람이었고 소리에 쉽게 짜증을 냈는데, 개는 자주 소리를 내는 동물이었으니까. 그래서 아버지는 들지도 않는 강도를 감시해야 한다며 개에게 목줄을 채워 뒷마당에만 있게 했다. 혹시라도 집을 방문하는 사람이 데려온 개가 러그를 물어뜯거나 풀쩍풀쩍 뛰거나 짖거나, 그것도 모자라 가까이 다가와 주둥이라도 들이밀면 아버지는 정중함 따위는 개나 줘버리기로 결심한 듯 벌떡 일어섰다. 그러고는 두 손을 딱딱 맞부딪치며 무섭도록 온화한 목소리로 개의 행동을 비웃었다. "명견이

군, 명견이야! 이렇게 훌륭한 친구를 봤나." 그러면 방문객은 다시는 개를 데리고 나타나지 않았다.

어머니 역시 개를 좋아하지 않았다. 아니, 개를 좋아하지 않는다는 부정적인 감정을 느끼기에는 너무 공사다망하고 다정다감했으니 단순히 개의 존재 자체를 인지하지 못했다고 하는 편이 가깝겠다. 어머니는 개들이 같은 세상에서 공기를 호흡하고, 자신과 마찬가지로 태어나서 죽을 때까지 작은 발로 타박타박 걷는다는 것조차 모르는 듯했다. 나는 어머니가 인생에서 한 번이라도 개를 쓰다듬어봤을지 의심스럽다.

어머니는 너무 예뻤고, 어머니를 흠모하는 사람들을 상대하느라 바빠서 두 다리를 가진 동물 외에는 눈길을 줄 틈이 없었다. 행복하고 사랑스러운 어머니는 늘 친구들과 숭배자들에게 둘러싸인 채 1년 내내 이리저리 돌아다니느라 은밀한 외로움을 느낄 틈이 없었고, 인간도 가끔은 인간관계에서 비켜나 개가 주는 충성과 헌신을 갈망할 수 있다는 사실 자체를 몰랐다. 개는 어머니에게 아무것도 아니었다. 다른 분야에서는 활발하기만 했던 상상력이 개에 관해서는 텅 비어 있었다. 그리고 부모는 자식들에게 최고 권위자이자 최종적인 결정권자였다. 우리는 아버지를 숭배하면서도 두려워했고, 어머니를 경배했기 때문에 그들의 태도는 곧 우리의 태도였고, 그들의 생각이라면 그게 뭐가 됐든 간에 열정적으로 옹호했다.

그러므로 개는 우리가 소유할 수 있는 범주에서 제외되었다. 그럼에도 내가 아주 어렸을 때 잠시 개 한 마리를 데리고 있었다는 사실을 기억해내고는 깜짝 놀랐다.

첫 번째 개
비주

젊고 돈 많은 남자가 언니에게 구혼하고 결혼에 이르기까지 뜨겁던 기간 동안 그는 연인의 가족 모두에게 선물 공세를 폈고, 덕분에 나는 잠깐, 아주 잠깐 강아지를 데리고 있을 수 있었다.

당시 집안 분위기가 전반적으로 관대했고, 구혼자는 매력적이었으며, 언니가 행복했다는 사실 외에는 개가 우리 집에 받아들여진 이유를 설명할 길이 없다. 아마 아버지는 결혼식이 끝나고 신랑이 떠나면 이 다양한 선물도 분류해서 처리하게 되리란 걸 알고 때를 기다렸던 것인지도 모른다. 어쨌든 내 특별한 선물도 결혼식이 끝난 뒤 그리 오래 머물지는 못했다. 당시 나는 개를 잘 돌보리란 믿음을 주긴 어려운 다섯 살 꼬마여서 선택의 여지가 없었을 것이다. 첫 개는 너무 잠깐 머물렀고, 갑자기 나타났다 사

라져버려서 함께 찍은 이 사진이 없었다면 그 개가 실제로 있었는지조차 확신하지 못할 뻔했다.

그러나 그 개의 이름은 비주였고, 내 첫 강아지였다는 것만은 선명하게 기억한다. 그때 나는 진정으로 가치 있는 것이 무언지 알지 못해서 내 발치에 얌전하게 누워 있는 작은 점박이보다 수술 달린 새 노란 장화에 더 관심이 있었다. 그 뒤로 얼마나 많은 것을 알게 됐는지, 개를 얼마나 현명하게 대하게 됐는지 모른다. 생각해보면 가히 놀라운 일이다.

어쨌든 세월의 더께로 지금은 생김새조차 희미하지만, 내 첫 강아지는 비주가 확실하다. 비주와 두 번째 강아지 사이에는 9년이라는 세월의 강이 있었고, 그동안은 일테면 고양이로 연명했다. 다행히도 아버지는 고양이 애호가여서 개는 아니더라도 살아 있는 뭔가가 항상 집에 있었다. 심지어 아버지는 고양이를 쓰다듬고 만지는 것조차 싫어하지 않았다. 나는 이제 집에 혼자 남은 막내여서 내가 귀를 씻는지 감독하고 가르치는 역할은 마드무아젤•이 맡았다. 마드무아젤을 간질일 수는 없다. 마드무아젤은 배를 발라당 뒤집어 쓰다듬게 해주지도 않는다. 그래서 고양이들이 쓸모가 있었고, 나는 고양이들에게 집중했다.

그러나 고양이에게 집중하는 일은 참으로 절망적이다. 사람은 반응을 원하지만 고양이는 좀처럼 반응해주지 않는다. 어찌나 고상하고 쌀쌀맞은지 늘 아득하고 신비로운 명상에만 사로잡힌 채 사랑받을 각오는커녕 받은 사랑을

• 프랑스인 여자 가정교사.

돌려줄 생각도 하지 않는다. 간혹 골골거리기만 할 뿐. 나도 가르랑거리는 게 고양이의 매력이라 생각하고 나만의 고양이가 있기를 바란 적도 있지만 '골골송'만으로는 허기지고 공허한 인간의 마음이 채워지지 않는다. 그 시기에 나는 사실상 외동자식이나 다름없었고, 부모님은 당신들만의 관심사에 푹 빠져 있었으며, 마드무아젤과의 사이에는 프랑스어라는 장벽이 있어서 나는 자주 채워지지 않는 공허함을 느꼈다. 게다가 고양이는 누가 부르면 얼마나 쌀쌀맞고 도도하게 구는지 모른다. 자기가 내키지 않으면 어떤 감언이설에도 꿈쩍하지 않는다. 그러면 사람은 고양이가 오게 하려고 무슨 짓이든 하려 한다. 어떤 장난도 칠 수 있는 마음의 준비를 하고 더 간절하게 고양이가 오기를 원한다. 즉 사람은 소꿉동무나 동료나 친구를 원한다. 사실은 강아지를 원하는 것이다.

두 번째 개
빌닷

드디어 개가 생겼다. 다른 개, 두 번째 개였다. 9년 동안 고양이만 데리고 있다가 열네 살이 되어서야 겨우 그렇게 됐다.

아버지는 세계 여행 중이었다. 내 어린 시절 기억에서 두 번이나 세계 여행을 한 걸 보면 아버지는 여행을 엄청나게 즐겼던 것 같다. 아버지가 떠나자마자 긴장이 풀렸다. 당시에 아버지만 집에 없으면 이상할 정도로 활기가 넘쳤고, 여유롭고 넉넉했다. 나는 긴장을 풀고 태평스러워졌으며, 발걸음조차 조심해가며 일거수일투족에 신경 쓰는 대신 마드무아젤의 짜증마저 두려워하지 않게 되었다. 그리고 결혼한 지 오래됐지만 여전히 자애로웠던 언니가 내게 개 한 마리를 주겠다고 했을 때 나는 어머니한테 물어보지도 않고 당장 제안을 받아들였다.

매우 상냥하고 너그러우며 낙천적인 데다 예쁘고 사랑만 듬뿍 받는 언니가 웃으며 내게 키스를 퍼부었다. 그러고는 마치 내가 허락을 구하기라도 한 것처럼 "그럼, 되고말고"라고 말했다. 언니는 아버지가 멀리 있고, 최소한 여섯 달은 집에 오지 않을 테니 그 기간 동안은 내가 원하는 걸 가져도 된다고 생각했던 것이다. 어머니도 웃으며 내게 키스했다. 그러고는 격식을 갖추기 위해 이번에도 내가 허락을 구한 것처럼 "응, 당연히 되지. 되고말고"라고 말했다.

내 두 번째 개는 빌닷이었다. 사진을 찍고 싶을 만큼 예쁘지는 않았는지 빌닷의 사진은 없다. 빌닷은 베이지색의 작은 포메라니안이고, 덩치가 신발만 했다. 후에 포메라니아•로 가서 몇 년을 머물렀으니 포메라니안종을 기르게 된 건 운명이었다. 당시 나는 성경을 열심히 공부하고 있어서 두 번째 개에게 빌닷이라는 이름을 지어주었다. 그때 우리 집에 와 있던(고모들은 보통 때처럼 생선 장수가 굴을 까듯 억지로 힘을 주어야 열리는 특별한 모자 바구니에 모자를 담아 왔다) 찰 고모와 제시 고모가 내게 왜 개 이름이 빌닷이냐고 물었다. 나는 녀석의 크기가 신발만 해서 그렇다고 말했다. 그래도 의아해하는 고모들에게 나는 〈욥기〉

2장 11절을 유창하게 읊어주었다.●●

친절하고 마음씨 넉넉한 고모들은 서로를 바라보며 나더러 기분 나쁘고 당돌하고 이상한 아이라고 했다. 그 전에도 백 번은 들은 말이었다.

빌닷이 있어서 나는 더없이 행복했다. 비주와는 달리 빌닷은 내 인생에 있었던 진짜 사건이었다. 나는 일부러 더 빌닷을 사랑했고 녀석이 포메라니안 중에서 가장 예쁘다고 확신했다. 빌닷이 실제로는 대단한 개가 아니라는 것을 지금도 알고 그때도 알았다. 포메라니안은 대단한 개가 아니다. 심지어 포메라니안이지만 포메라니아 출신도 아니다. 나중에 내가 그곳에 가 살면서 나 자신이 포메라니안이 되어보니 빌닷과 조금이라도 닮은 개는 아무리 살펴도 없었다.

그러나 빌닷이 내 개였을 때 나는 포메라니아와 거리가 한참 멀었다. 빌닷을 제외하면 몇 년이 지나도록 포메

● 발트해 연안의 지역, 현재 일부는 독일, 일부는 폴란드 소속이다.

●● 고난 중에 있는 욥과 논쟁을 벌인 세 친구 가운데 한 사람이 수아 사람 빌닷인데, 빌닷은 '논쟁의 아들'이라는 뜻이다. 성경에는 수아 사람을 'shuhite'로 표현했는데, 그 발음이 신발 높이를 뜻하는 'shoe height'와 비슷한 데서 착안한 것이다.

라니아와는 아무런 연관성이 없었다. 나는 거기가 어디인지 몰랐고, 감히 말하건대 마드무아젤도 몰랐을 것이다. 나를 가르쳤던 마드무아젤은 상당히 열정적인 교사여서 내가 봐도 존경스러울 정도였다. 매일 한 페이지씩 손가락 훈련 삼아 피아노를 연습하게 했고, 프랑스어 동사나 라틴어의 어형변화를 암기시켰다. 그러고는 나와 빌닷만 놔두고 당당하게 자기 방에 가서 점심시간이 될 때까지 나오지 않았다.

나를 빌닷과 둘만 내버려둔 건 실수였다. 나 혼자였다면 바른 자세를 유지했을지 모르지만 공범이 있으니 그럴 수 없었다. 마드무아젤의 방문이 닫히는 소리가 들리자마자 빌닷과 나는 프렌치 창문•을 통과해 피아노와 동사와 어형변화에서 벗어나 잔디 위를 멋대로 까불며 뛰어다녔다. 종이 울리기 전에는 마드무아젤이 내려오지 않으리란 걸 알았기 때문에 나는 마지막 이십 분 동안만 피아노 앞에 앉아 손가락 훈련을 했다. 땋은 머리를 까딱거리는 모습을 마드무아젤이 목격할 수 있도록. 그렇게 해도 장난칠 시간은 충분했다.

• 뜰이나 발코니로 통하는 두 짝으로 된 창문.

우리는 정말 재미있게 놀았다. 데굴데굴 굴렀고, 덤불을 들락거리며 서로를 잡으러 뛰어다녔으며, 주워 온 돌을 던지고 놀았다. 그러는 중에도 절대 소리는 내지 않았는데, 빌닷도 짖었다간 끝장나리란 걸 나만큼 잘 알고 있었다. 그러다 놀이에 지치거나 빌닷이 혼자 특별한 일을 하고 싶어 하면 나는 라일락 사이를 어슬렁거리며 땀을 식혔고, '내게도 사랑하는 사람이 생길까? 과연 그럴 수 있을까?' 같은 생각을 하곤 했다. 당시에는 그런 쪽으로 전혀 경험이 없어서 연인들에 관해 자주, 그리고 깊이 생각했다.

그러다 아버지가 돌아왔고, 아버지가 열어본 첫 편지는 아버지 앞으로 온 서신들 사이에 우연히 섞여 들어간, 마셜 앤드 스넬그로브 백화점에서 리본값으로 100파운드를 내라고 보낸 청구서였다.

이 일 때문에 아버지가 오자마자 집안 분위기가 험악해졌다. 아버지는 세상에 그렇게 많은 리본이 있다는 걸 몰랐고, 몇 미터나 되는 리본이 어머니 한 사람을 꾸미는 데 쓰였다는 사실을 자신의 상식으로는 받아들일 수 없었다.

우리는 아버지의 심기를 거스르지 않으려고 숨을 죽이고 살금살금 걸어 다녔다. 여기에서 우리란 나와 빌닷과 마드무아젤이다. 물론 리본을 사들인 무모한 구매자 역시 까치발로 걸어 다녀야 했다. 그러나 우리가 한동안 무거운 공기 속에서 숨을 죽여야 했던 반면, 남편뿐 아니라 어떤 남성이든 잘 다뤘던 어머니는 생각보다 훨씬 빨리 상황을 타개해나갔다.

안타깝게도 그 과정 중에 빌닷까지 정리되어버렸다. 아버지는 어머니의 상냥하고 교태 어린 태도는 견뎌도 빌닷은 참아내지 못했다. 아버지가 엄한 눈으로 쏘아볼 때마다 불쌍한 빌닷은 카펫에 꼬리를 애타게 쳐봤지만 소용없었다. 빌닷이 근처 테이블 아래 숨어 있으면 아버지는 파란 눈을 더욱 서슬 퍼렇게 번뜩이며, 개는 집에 들이면 안 된다고 했던 걸 잊었느냐고 나를 닦달했다. 개는 정원은 물론이고 아버지 근처 1킬로미터 이내 어디에도 갈 수 없다는 것을 내가 몰랐을까? 지시를 따르려고 했지만 아버지가 없는데 어떻게 지시에 따를 수 있었겠냐고 상냥하게 말해야 했을까?

나는 감히 찍소리도 못 한 채 벌벌 떨면서 서 있었다. 당시 아버지들은 절대 말대답을 허용하지 않았는데, 우리

아버지도 그런 유형이었다. 게다가 내가 규칙에 대해 무엇을 알며 그게 왜 지켜지지 않았는지는 또 어떻게 알겠는가? 아버지는 내게만 질문했다. 내가 느끼기에 그 질문을 받아야 할 사람은 어머니이고, 아버지도 그걸 나만큼이나 잘 알았지만 어머니가 잠시라도 뜨개질을 멈출까봐 묻지 않았던 것 같다. 그때도 나는 어머니의 뜨개질이 가정의 평화와 밀접한 관련이 있다고 어렴풋이 생각했다.

그래서 곧 빌닷도 비주처럼 좋은 집으로 보냈다고, 어머니는 키스로 눈물을 닦아주며 나를 안심시켰다. 그러나 그 말은 전혀 믿을 수 없었다. 빌닷이 좋은 집에 가서 매일 제때 운동을 했다면, 나와 마드무아젤이 운동하는 시간에 만날 수 있었어야 하니까.

나는 한 번도 빌닷을 만나지 못했다.

그러나 나는 아버지에게 아무 유감이 없었다. 당시에는 부모에게 나쁜 감정을 품는다는 건 꿈도 못 꿀 일이었다. 자식은 당연히 부모를 존경해야 했다. 아버지가 명령하면 자식들은 복종했다. 아버지가 하는 일은 무조건 옳고 이의를 달 수 없어서 흐린 날씨에 불만이 있을 수 없듯 빌닷을 빼앗기고도 불평할 수 없었다. 내가 어른이 되어 아버지를 더 잘 이해할 수 있게 되고, 아버지 역시 자식들이 모두 결혼해 떠나간 덕에 자신을 괴롭히던 책임감을 덜게 됨에 따라 아버지에 대한 두려움은 사라지고 사랑이 그 자리를 대신하게 되었다. 존경과 두려움이 존경과 사랑으로 바뀌었다. 나는 늘 아버지를 숭배했다. 평생 강직하고, 올바르고, 신 앞에서 겸허하게 행동하는 아버지를 이상형으로 여겼다. 그리고 지금은 아버지를 사랑하기까지 한다. 깊이. 나중에는 포메라니아를 벗어날 때마다 가능하면 집에 가서 아버지와 함께 기꺼이 대화를 나눌 정도로, 어쩌면 어머니보다 더 사랑하게 되었다. 그래서 우리는 진심으로 서로를 축복하는 평화로운 사이가 되었다.

아버지가 걱정하던 사람들이 모두 죽거나 멀리 떠난 마지막 몇 년 동안, 이제 리본으로 아버지를 화나게 하던 시절을 훌쩍 넘긴 어머니는 아버지 옆에 바짝 붙어 앉아 햇볕을 쬐며 만족스럽고 평화롭게 지냈다. 두 사람은 상상할 수 없을 만큼 매력적인 노부부가 되었다. 여전히 개를 좋아하지는 않았지만, 그때쯤엔 나도 연륜이 쌓이고 한결 유해져서 모두가 같은 것을 좋아할 수는 없음을 알았다.

그것만 빼면 두 분은 꽤 완벽해 보였다. 어머니만큼 아름답고 명랑하고 즐겁게 웃는 노부인은 없었고, 어머니의 신망 있는 짝꿍보다 더 현명한 노인은 없었다. 그들의 사소한 오해는 사라졌고(어머니를 추앙하는 사람들 때문에 틀림없이 오해가 꽤나 많았으리라 짐작한다. 일테면 마셜 앤드 스넬그로브의 청구서가 쌓이도록 어머니를 현혹한 사람들 말이다), 아버지를 수시로 격노하게 한 자식들도 이미 독립한 지 오래였다. 아버지는 다 자란 자녀들 외에는 아이를 곁에 두지 못하는 사람이었다. 아버지는 아기 울음소리를 끔찍하게 싫어했다. 정원에서 신발도 닦지 않고 뛰어 들어오는 어린 여자애들을 못 견뎠다. 아이가 있으려면 마드무아젤을 둬야 하고, 끝이 없을 듯한 오랜 세월 동안 마드무아젤을 견뎌야 한다는 사실 또한 아버지는 마음에 들어 하지 않았다. 한편 비용 면에서도 마찬가지였다. 가족이 있을 때는 신발과 약과 치과 치료와 휴가 비용과 비옷과 우산과 그 외에도 수십 가지 이상한 것 때문에 피 같은 돈을 써야 했기에 잘살 때조차 인색했고, 은행이 파산하고 가난해지면서는 후하고 싶어하기는 해도 청구서가 날아드는 건 극도로 싫어했다.

청구서가 도착하면 암담했다. 그런 날, 본능적으로 모든 것을 성경을 통해 이해하려는 나는 도움을 얻기 위해 산 쪽으로 고개를 들고 싶었지만• 어떤 해결책도 오지 않을 줄 알았기에 애써 참았다. 내가 신앙심이 약하다는 생각에 떨었고, 산이 실제로는 고양이와 아주 흡사해서 부르는 대로 움직이지 않으리라 생각했다. 나는 공손한 태도는 유지했지만 성경이 도대체 무엇이며, 그것이 해줄 수 있는 게 무엇인지 궁금해했다. 그러고는 내가 지질학에 대해 잘 몰라서 산을 올려다봐도 아무것도 느끼지 못하는 거라고 불안한 변명을 늘어놓았다.

수년이 지나 아이들이 다 나가거나, 내 경우에는 강제로 내보내진 뒤로는 부츠 대신 구근류에 대한 청구서가 날아들었다. 아버지처럼 정원을 사랑하는 사람은 구근류에 돈을 아끼지 않는다. 하지만 다른 사람의 부츠값을 내는 건 여전히 좋아하지 않았다. 따라서 식구 많은 집에 드리우기 쉬운 구름도 자식들이 떠나자 사라졌고, 이제 아버지는 모든 걸 끝내고 장미 틈에서 평화롭고 조용히 죽기를 기다렸다.

아버지는 지나치게 깨끗하다는 것만 제외하면 턱수염이 눈처럼 희고 이마가 벗어진 늙은 선지자 같아 보였다.

● 〈시편〉 121편 1~2절, "내가 산을 향하여 눈을 들리라. 나의 도움이 어디서 올까. 나의 도움은 천지를 지으신 여호와에게서로다" 참조.

아버지보다 더 아름답고 꼼꼼하고 깨끗한 남자는 없었다. 매일 아침 수년 전에 일본에서 산 토마토 색깔의 실크 가운을 입고 턱수염을 다듬는 데 십오 분을 썼고, 나머지도 같은 수준으로 정성스럽게 관리했다. 노년에는 내면도 외모만큼 티 하나 없이 깨끗했다. 골칫거리가 없어짐에 따라 모든 불쾌함이 씻겨나갔고 선의와 호의만 남았다. 아마 잘 관리했으면 처음부터 그랬을 수 있다는 아쉬움은 남지만, 늘 고통받던 걱정거리가 사라지자 완벽하고 공정하기까지 했다. 나는 많은 시련을 겪은 뒤 고요한 바다에 도착한 말년의 아버지를 기억할 수 있어 기뻤다. 아버지는 걱정 근심 없고 존재 자체만으로 새들을 지저귀게 하는 아내가 늘 곁에서 함께하는 최고의 행복을 누렸다.

그러나 부모님은 끝까지 개와 얽히고 싶어 하지는 않았다.

세 번째 개
코르넬리아

세 번째 개는 코르넬리아였다. 등이 검고 배는 갈색인 닥스훈트였는데 독일어만 알아들었다. 내게 처음으로 독일어를 가르친 게 코르넬리아였다. '쿠슈'•는 전혀 독일어 같지 않다. 그러나 '쇤마헨'••과 '푸이'•••는 독일어 같았다. 이 세 단어는 끝까지 매우 유용했다. 포메라니아에서는 다루기 힘들거나 태만하거나 잘못을 저지른 하인들에게 '푸이'라고 아주 큰 소리를 지르기만 하면 거의 모든 집안 문제가 해결될 수 있다는 사실을 점차 알게 됐다.

코르넬리아가 빌닷의 뒤를 바로 잇지는 않았다. 빌닷이

• '엎드려'라는 뜻의 독일어.

•• '기다려'라는 뜻의 독일어.

••• '저런', '흥', '쳇' 등을 뜻하는 독일어 감탄사.

가고 코르넬리아가 오기까지 공백이 있었는데 그사이 나는 자라서 결혼까지 했다. 아니, 내가 결혼과 관련해 크게 한 것이 없으니 결혼을 당했다고 하는 편이 낫겠다. 내 말은 개인적인 노력을 하지 않았다는 뜻이다.

나는 독일인과 결혼했고, 그래서 내가 들어가서 살 새 집의 문간에서 나를 환영한 개 역시 독일산이었다. 당시에는 세계대전 전이어서 독일인을 꺼리지 않았고, 부모님도 내가 독일인의 아내가 되는 데 눈 하나 깜빡하지 않았다. 남편은 아버지와 이탈리아를 여행하던 중에 만났다. 그는 자신이 원하는 것이 무엇인지 분명히 아는 사람이어서 나를 보자마자 포메라니아 사람으로 삼아야겠다고 점찍었지만 곧바로는 아무 말도 하지 않았다.

그러다 머지않아 남편이 그 얘기를 했다. 사흘 뒤 남편은 숨을 헐떡거리며(보통의 독일 중년 신사들처럼 남편도 마른 편이 아니었다) 나를 따라와 내게 경치를 보여주겠다며 피렌체 두오모 대성당의 계단 꼭대기로 데려가면서 이렇게 말했다.

"여자들은 모두 사랑을 원하지요. 매우 기분 좋은 일이니까요. 당신도 좋아하게 될 겁니다. 나와 결혼하면 알게 될 거예요." 그러고는 꼭대기에 도착하자마자 나를 덥석 껴안았다.

몹시 힘들었던 기억만 난다. 나는 포옹이 어색하기만 할 뿐 조금도 좋지 않았다. 그는 마침내 나를 놓아주면서 이것은 시작에 불과하다고 말해 나를 안심시키기는커녕 오히려 겁에 질리게 했다.

그러나 일을 매듭짓기 위해 남편이 주머니에서 반지를 꺼내 내 손가락에 끼워주었을 때는 조금도 놀라지 않았다. 사파이어와 다이아몬드가 박힌 반지는 그의 첫 번째 아내가 끼던 거였는데 아주 예뻤다. 나는 그걸 가지게 돼서 기뻤다. 내가 가족 안에서 갑자기 중요한 사람이 된 것도 좋았다. 그때까지는 아무것도 아니었는데, 갑자기 어엿한 사람 또는 잠시 동안이나마 가장 대단한 사람이 된 것 같아 뿌듯했다.

그때부터 바로 내게 즐겁거나 이익이 되는 일이 일어나기 시작했다. 관광하다 페이스트리 가게 앞을 지나가며 내가 탐색하듯 코를 킁킁거리면 나보다 엄청나게 나이가 많은 약혼자는 "우리 애기 밥 먹어야지" 하고 말하곤 했다.

금세 나는 먹고 싶은 음식의 냄새가 날 때마다 코를 킁킁거릴 줄 알게 됐고, 절대로 간식을 먹지 않는 아버지는 마지못해 냄새가 나는 곳으로 나를 데려갔다. 그러고는 내가 게걸스럽게 케이크를 먹어치우는 동안 잠자코 나를 바라보았다.

"우리 애기 바이로이트•에 데려가야겠군." 내가 음악을 좋아한다는 사실을 알고 약혼자가 말했다. 따라서 6월이 되면 음악을 싫어하는 아버지도 오페라를 보러 가 앉아 있어야 했다.

"우리 애기 개 한 마리 있어야겠네." 바이로이트에서 지나가는 강아지를 보고 내가 격한 관심을 보이자 약혼자가 했던 말이다. 곧 그가 개를 선물로 주었고, 아버지는 내가 강아지를 키우도록 허락하는 척해야 했다.

그러나 거대한 호밀밭을 돌보기 위해 약혼자가 포메라니아로 돌아가자마자 개는 처음 데려왔던 곳으로 되돌려 보내졌다(그가 떠날 때 나는 마지막으로 마드무아젤이 아는 라틴어를 급하게 끌어모아 파편처럼 흩어진 내 마음을 '아니무스 투스 에고'••라는 문장으로 만들어 말해주었다). 개에 관한 한 아버지는 단호했다. 나도 개를 기차와 호텔에 데리고 들어가기는 어렵다는 것쯤은 알았다. 너무 짧은 기간 데리

• 독일 남동부의 도시. 매년 여름 바그너 음악제가 열린다.

•• '내 마음이 당신 마음'이라는 뜻의 라틴어.

고 있어서 개의 이름에 익숙해질 새도 없었고 지금은 기억조차 제대로 나지 않는다. 나는 자식 된 도리로 아버지의 명령에 따라 개와 헤어졌다.

나는 약혼을 했고, 곧 결혼해서 포메라니아로 거주지를 옮겼다. 그리고 내가 이후로 오래 행복하게 살았던 한적하고 아름다운 고저택의 계단 위에 코르넬리아가 서 있었다.

우리는 금세 사랑에 빠졌다. 보자마자 서로가 좋았다. 포메라니아의 집에는 사방에 남편 전처의 흔적이 있었는데, 코르넬리아 역시 그녀의 개였다. 전처라는 생경한 존재에 대한 내 평가는 반지 때문에 이미 호의적이었지만,

코르넬리아 덕분에 더욱 높아졌다. 그 복 받은 작고 사랑스러운 개가 어떤 반지보다 훨씬 더 좋았다. 코르넬리아는 마침내 놀이 친구를 만났다는 사실에 내 주위를 낑낑대고 돌며 마음껏 기뻐했다. 온몸을 마구 흔들며 환영해 마지않았다. 코르넬리아는 으스댔고, 온갖 묘기를 다 부렸다. 나더러 보라는 듯 몸을 발랑 뒤집어서 배를 보여주었다.

"개한테 키스하지 마. 개한테는 키스하는 거 아니야. 당신은 나하고만 키스할 수 있어." 남편이 방해했다.

남편은 항상 가벼운 경구로 훈계하듯 말했다. 그래서 나는 귀를 쫑긋 세우고 머리를 한쪽으로 기울인 채 남편이 하는 말이 재미있고 의미 있는 이야기라도 되는 양 들었다. 처음부터 나는 남편의 경구를 귀하게 여기고 즐겼다.

결혼하고 첫해 동안 코르넬리아와 나는 서로에게 절대적인 존재였다. 남편은 멀리 떨어진 농장을 감독하기 위해 아침 일찍 나갔다가 어두워진 뒤에야 돌아왔다. 아침 먹은 직후부터 저녁까지 입이라도 떼려면 코르넬리아에게 말을 걸어야 했다.

개들은 언어 습득력이 뛰어나다. 코르넬리아의 영어 실

력이 뛰어난 덕에 내가 독일어를 익히기 전부터 우리는 서로를 잘 이해했지만, 한동안 내가 아는 독일어라곤 '쿠슈', '쇤마헨' 그리고 '푸이'뿐이었다.

운 좋게도 우리는 취미가 같았다. 코르넬리아는 햇볕을 쬐며 밖에 있는 걸 좋아했고 나 역시 그랬다. 곧 가까운 숲을 탐험하러 가는 게 우리의 일상이 되었고, 남편이 차체가 높은 마차를 타고 휘청거리며 첫 번째 모퉁이를 돌아 나가자마자 우리는 반대쪽 모퉁이를 돌아 하인들의 손이 닿지 않는 곳으로 있는 힘껏 내달렸다.

이곳의 하인들은 명령을 받고 싶어 환장한 사람들 같았다. 내가 집에 있기만 하면 나를 졸졸 따라다니며 이해할 수 없는 질문을 했다. 나는 그들에게 '쿠슈!'라고 말해주고 싶어 미칠 지경이었다. 그 마법의 단어로 그들이 납작 엎드려 조용히 몸을 뻗게 할 수만 있다면 우리 모두 훨씬 행복해질 듯했다. 실제로 그들은 코르넬리아에게 배울 점이 많았다. 예를 들어 억울한 표정을 지으며 나를 불러 세우는 대신 그냥 앉아서 부탁하는 편이 원하는 바를 얻기가 훨씬 쉬웠을 것이다.

동절기 전용 저장고에 보관하는 모든 차가운 음식 중에서 특히 소시지와 사워크라우트를 전담하는 칼테 맘젤이라는 뚱뚱하고 작은 하인이 있었는데, 내가 코르넬리아를 데리고 가장 가까운 문으로 도망칠 때 그녀는 몸을 바로 세우고 머리를 조아리며 부탁했을 수도 있었다. 왜 칼테는 그렇게 하지 않았을까? 만약 그랬다면 나는 곧 정신을 차리고 칼테에게 명령을 내렸을지도 모른다. 어쨌든 그때껏 명령을 받기만 했던 내가 주부라는 역할에서 도망친다는 죄책감을 떨치기 위해 갑자기 뒤를 돌아 제대로 명령을 내리기란 어려웠다. 이런 일은 갑자기 되지 않는다. 사람은 숨을 고를 시간이 필요하다. 불과 6개월 전에 내 마드무아젤은 나를 꼬맹이라 불렀고 당장 위층에 가서 씻으라고 명령을 내렸다. 그런 것에 익숙한 사람이 어떻게 갑자기 나이가 두 배는 더 많은 사람에게 명령을 내리거나 고상해 보이기를 바랄 수 있을까.

어쨌든 적어도 칼테가 우리를 나가지 못하게 하진 않겠다는 확신이 들자 이제 당당하게 그쪽으로 드나들었다. 무사히 밖으로 나갔을 때 코르넬리아와 내가 얼마나 기뻐했는지 모른다. 우리는 웃고 떠들며(나는 코르넬리아도 분명 웃고 떠들었을 거라고 장담한다) 인적 드문 들판을 가로질러 근처 숲의 끝까지 뛰어다녔다. 세상이 우리 앞에 펼쳐져 있었고, 내 주머니는 점심으로 고르고 고른 비스킷과 뼈다귀로 불룩했다. 이보다 더 완벽할 순 없었다. 우리가 밖에서 무엇을 하든 아무도 신경 쓰지 않았다. 누구도 명령을 받기 위해 기다리지 않았다. 내 스커트와 코르넬리아의 귀를 흩날리게 한 3월의 바람은 내가 불량 주부든 아니든 전혀 개의치 않았다. 그늘진 덤불에서 벗어나 맑고 밝은 은빛 자작나무 숲에 도착했을 때, 숲은 나도 누구 못지않게 대접받을 가치가 있는 사람이라는 듯 아름다운 모습으로 우리를 반겨주었다. 겨우살이를 제외하면 앙상한 가지뿐이었지만 허약하게 죽어가는 겨울의 아름다움이 창백한 태양 아래에서 희미하게 빛났다. 그러나 나뭇가지 아래에는 이미 봄의 첫 전령사가 도착해 있었다. 지난해 죽은 잎들 사이에 상큼한 파란색 노루귀가 무리 지어 군데군데, 연달아 호숫가를 뒤덮고 있었던 것이다.

나는 나무 그루터기에 앉아 비스킷을 먹으며 기분 좋게 이것들을 바라보았고, 이유는 달랐지만 역시 행복에 찬 코르넬리아는 저녁으로 먹을 뼈다귀를 묻기 위해 땅을 파느라 바빴다. 그 순간 나보다 더 행복한 인간은 없을 것 같다고 생각했던 기억이 난다. 사실 그때는 행복이 내 몫인 것 같았다. 날은 따뜻했고, 봄은 코앞에 와 있었으며, 친절하고 너그러운 남편은 거의 항상 어딘가에 가 있었고, 주위에는 코르넬리아 말고는 쥐새끼 한 마리 얼씬거리지 않았다.

더는 인생에서 아무것도 필요치 않았다. 지금도 살면서 그 정도만 돼도 족하다고 생각한다. 나이가 들면서 다른 요구가 생겼을 만도 한데, 지금도 나는 얼굴에 햇살을 받으며 봄이 가까워졌음을 느끼고 근처에 개만 있으면 행복으로 충만해짐을 느낀다. 이 얼마나 편리하고 가성비 높은 삶인가!

오후에는 빠져나갈 때보다 한결 여유롭게 집으로 돌아온 다음, 다시 마차를 타고 밖으로 나갔다. 코르넬리아와 나는 짐마차에 딱 어울리는 거칠고 살진 말 두 마리가 끄는 진홍색 사인승 무개 마차를 타고 바람을 쐬러 갔다. 나이 많은 전담 마부가 마차를 몰았는데, 그는 겨울이면 칼랑코에• 비슷하게 생긴 옷을 입었다. 겹겹의 삐죽삐죽한 프릴 장식이 과한 천 망토로 온몸을 감쌌고, 머리에는 구식이지만 여전히 멋스러운 깃털 장식이 된 높다란 실크해트를 썼다.

• 작은 꽃이 겹겹이 모여 큰 꽃을 이루는 다육성 화초.

나는 금세 그 사람이 좋아졌다. 그는 세상에서 가장 친절하고 상냥한 남자였고, 찰 고모와 제시 고모처럼 코르넬리아를 특이하고 작은 짐승이라 여기면서도 끊임없이 인내심을 발휘해주었다. 마부의 이름은 요한이었다.

요한, 요한,
다정한 남자!

독일어가 조금 늘자 나는 이행시를 만들어 혼자 흥얼흥얼 노래하곤 했다.

"뭐라고 하셨습니까, 부인?" 요한이 뒤를 돌아보고는 내게 환히 웃으며 물었다.

"저 새는 뭐예요?" 나는 당혹감을 감추기 위해 엉뚱한 질문을 했다.

그게 매든 독수리든 야생 거위든 상관없었지만, 요한은 멀리서 들리는 새 울음소리에 귀를 기울인 다음 대답했다. "저거요." 그러고는 대답을 해줄 수 있어 기쁘다는 투로 말했다. "저건 되새예요."

그러나 이것도 내가 질문을 할 수 있을 만큼 독일어를 배우고 나서야 가능한 일이었다. 우리는 그 전부터 말을 훈련시켜야 해서 매일 마차를 타고 나갔다. 마차와 마부는 나를 위해 특별히 배당된 것이어서 그들을 데리고 나가는 일도 내 몫이었다. 나는 자주 꾀를 부리고 싶었지만 그 일을 태만히 할 순 없었다. 내가 특별한 날에만 마차를 움직이면 말을 제대로 통제하기 어려울 테고, 가문의 전성기였던 70년대에는 새것이었던 사인승 마차가 말을 이기지 못하고 부서져버리면 코르넬리아와 요한과 내가 위험에 처할 수 있었다.

나는 즉시 이 사실을 깨달았고, 원하든 원하지 않든 매일 부지런히 마차를 타고 나갔다. 마구를 장식한 은관은 모두 바랬고, 요한의 모자와 채찍에 붙은 가문의 상징은 너덜너덜했다.

돈을 제외한 모든 것이 풍부한 상태에서 우리는 북쪽 경계를 따라 펼쳐진 숲의 가까운 부분을 탐험함으로써 말들을 진정시키는 데 필요한 일을 했다.

숲은 굉장히 컸다. 북쪽으로는 무엇에도 방해받지 않고 곧장 발트해 연안까지 이어졌다. 우리는 숲을 독차지했다. 요한이 되새라 부르는 새 외에는 아무것도 없었고, 숲을 지나가는 동안 망토와 은관 장식과 가문의 문양을 지켜보는 눈은 단 하나도 없었다. 나로서는 멀게만 느껴지는 과거 이 가문의 번성기에는 이것들이 모두 새롭고 깨끗하고 말끔했지만, 부패의 모든 단계를 거치며 득의양양하던 영광은 사라지고 쓰레기만 남아 이제는 어린 외국인 여자애와 작은 토종 닥스훈트 강아지만 마차를 사용하게 되었다. 70년대 이후로는 심지어 요한의 망토조차 새로 지급되지 않아서 뒷좌석에 앉아 있으면 요한이 입은 망토에서 수많은 여름을 거치며 켜켜이 쌓인 장뇌• 냄새가 바람결에 실려 내게 전해지곤 했다. 매년 겨울 새 망토가 꼬박꼬박 지급되던 시절은 이미 끝나버렸다. 나쁜 시기가 왔고 절박함 속에서 버티며 살아가야 했다. 남편은 과거와 그때를 비교할 수 있는 불행한 위치에 있었기에 우리가 도착한 때를 나쁜 시기로 여기는 것 같았다. 그러나 과거가 없는 나와, 추락할 영광이 없었기에 영락할 일도 없었던 나의 가족은 그때를 아주 좋은 시기로 여겼다. 그리고 나는 장뇌 냄새도 그리 싫지만은 않았다.

농장이 조금도 보이지 않을 만큼 숲속으로 멀리 들어가면 마차에서 내려 걸었다. 코르넬리아는 우스꽝스럽도

• 의약품, 비닐 제조, 좀약 등에 쓰이는 하얀 물질.

록 툭 튀어나온 발가락을 모래 깊숙이 묻고는 소리도 내지 않고 내 옆에서 조용히 걸었고, 마차는 적당한 거리를 두고 따라왔다. 포메라니아 사람들은 모든 면에서 예의가 발랐다. 심지어 거리를 유지하는 태도에서도 예절과 존중이 느껴졌다. 얼마 전까지 아무것도 모르는 꼬맹이에 불과했던 나를 그들이 이처럼 존경해주는 게 당황스러웠다.

우리는 늘 북쪽으로 걸었는데, 아무리 걷고 걸어도 나무는 계속되었고, 곧 아무도 만나지 않게 된다는 사실을 알게 되었다. 숲에서는 그랬다. 수목 관리인이 사는 북동쪽으로 18킬로미터 떨어진 곳에 이를 때까지도 사람은 없었다.

아무에게도 들키지 않고 어떤 사람의 눈에도 띄지 않는다는 건 얼마나 멋지고 매력적인 일인지! 숲에는 사람이 없었고, 넓은 평원과 구불구불한 호밀밭이 있는 반대편에서 가장 가까이 사람이 사는 곳은 땅이 푹 패어서 거의 통행이 불가한 길로 16킬로미터 떨어져 있었다. 거기에 우리와 같은 부류인 호흐게보렌•이 살았다. 물론 3킬로미터 정도 떨어진 곳에 다른 이웃이 살고 있고 길도 넓어서 접

• 독일의 최상류층.

근하기도 쉬웠지만, 그들은 볼게보렌•이라 우리에겐 별 소용이 없었다. 사교계에서 볼게보렌은 전혀 의미가 없었다. 호흐게보렌들은 기차나 다른 공공장소에서 볼게보렌을 마주치면 당연히 우아하고 친절하게 대하면서도 절대 그들을 저녁 식사에 초대하지는 않았다. 그리고 내가 의도하지는 않았지만 나 자신이 호흐게보렌이 되고 보니 당장 우아한 예절을 배우고 익혀야 했고, 동시에 밥처럼 일상적이고 따뜻한 것에는 쉽게 덤비지 않는 연습도 해야 했다.

그건 매우 어려웠다. 독일어를 습득하는 것보다 훨씬 더 오랜 세월이 필요했다. 그리고 일단 익히고 나니 고의적으로 잊기도 어려웠다. 맙소사, 어찌나 찰싹 달라붙었던지 떨어질 생각을 하지 않았다. 이를테면 때가 다 되어 남편을 잃고 영국으로 돌아간 뒤에도 꽤 오랫동안, 친구들이 이미 뭔가를 하고 있는데도 그들에게 앉아도 좋다고 손짓을 하는 식의 과한 예의를 보여서 친구들을 놀라게 했다.

마침내 내가 얼마나 바른 행동을 요구하는 규율에 깊숙

• 독일 귀족의 최하위 계급.

이 길들었는지 깨닫기 시작한 것은 처음으로 개들이 굉장히 자유로운 동물이라는 사실을 알게 되고부터였다. 나는 빌닷을 아꼈고 코르넬리아도 온 마음을 다해 사랑했지만(비주는 너무 오랜 세월을 거슬러 올라가야 하므로 제외하고), 이제 나는 그들이 부럽기까지 했다. 개에게는 어떤 것도 기대하지 않는다. 우리의 상식에서 볼 때 개들이 썩 좋지 않은 일을 해도, 개여서 그런 거라고 치부하고 더는 염두에 두지 않는다. 아침에 코르넬리아가 바구니에서 뛰어나와 몸을 한번 시원하게 턴 다음 바로 새로운 하루를 시작하는 걸 보고 부러웠던 적이 한두 번이 아니다. 나는 타협을 모르는 독일인 하녀의 눈에 완벽히 들 때까지 세상에서 가장 귀찮은 씻기와 머리 빗기와 머리 묶기를 모두 견뎌야 했다. 개들은 그릇에 머리를 처박고 음식을 게걸스럽게 먹었으며 그릇까지 싹싹 핥아도 됐지만 나는 아무리 배가 고프거나 먹고 싶은 음식이 있어도 테이블에 정자세로 앉아서, 장식이 많고 화려한 단추가 달린 흰 장갑을 낀 하인들이 접시에 음식을 담아 일정한 간격으로 놓아줄 때까지 기다려야 했다. 그리고 개들에게 가장 부러운 것은 누군가와 의견이 맞부딪칠 때 엉덩이를 땅에 대고 몸을 일으킨 다음 간청하거나 사과한다는 뜻으로 꼬리만 흔들면 뭐든 해결된다는 점이었다.

나는 책임자나 감독이나 수의사나 그곳에 있는 수많은 사람에게 내가 왜, 그리고 어쩌다 상처를 주게 되었는지 모를 때마다 나한테도 꼬리가 있었으면 열정적으로 꼬리를 흔들어 상황을 해결했을 거라고 한숨을 쉬며 아쉬워하곤 했다. 그리고 시간이 조금 흐른 뒤에는 규칙에 따라 행동하지 않으면 내가 호흐게보렌 전체에 불명예를 가져다줄 뿐 아니라 포메라니아 밖으로 쫓겨날지도 모른다는 사실에 더 불안하고 무서웠다. 그런 일이 생겨 누군가를 달래야 한다면 나는 개들처럼 몇 시간이고 기꺼이 엎드려 빌고 싶었다.

그러나 나는 결국 잘 숙지하고 배워서 놀라울 정도로 훌륭한 예의범절을 갖췄다. 또한 곧 독일어를 구사하게 되면서 복잡하고 예민한 예절도 쉽게 따를 수 있었고, 동사를 적절히 사용해 다른 사람의 호감을 샀다.

내가 첫아이를 낳은 것과 거의 비슷한 시기에 코르넬리아도 새끼를 낳았다. 나는 하나였지만 코르넬리아는 여섯이었다. 새끼가 여섯이니 딱 하나만 낳은 나보다 출산 후 회복하는 시간이 여섯 배는 더 걸릴 것 같았는데, 전혀 그렇지 않았다. 코르넬리아는 일주일 만에 툭툭 털고 일어나 전만큼 쌩쌩하게 돌아다녔고, 반면에 나는 활기는 고사하고 거동하는 데만 몇 주가 걸렸는지 세고 싶지도 않다. 이제 다시는 전처럼 생기 넘치게 되지는 못할 것 같았다. 물론 기력이 돌아왔지만, 예전 같지 않았다. 코르넬리아는 놀이 친구를 영영 잃어버렸다. 코르넬리아는 새끼를 낳고 얼마 지나지 않았을 때부터 놀고 싶어 했지만, 같이 놀 친구가 없었다. 나는 집에서 요람에만 매달려 지냈다. 코르넬리아의 입장에서 나는 늘어나는 아이들 뒤로 영원히 사라져버렸다. 나는 매년 세상에 등장하는 아이들을 먹이고 돌보느라 강아지들에게조차 관심이 없었다. 내 주위를 옥죄는 놀랍고 어린 이방인들에게 내 시간을 온전히 빼앗겨서 코르넬리아를 까마득히 잊어버렸다. 코르넬리아는 내 의식 속에서 희미해졌고, 코르넬리아를 사랑했던 나의 감각은 잠들어버렸다. 아이들이 크고, 주위를 둘러볼 여유가 생기자 다시 그 감각이 되살아났고, 나는 갑자기 불안해져서 물었다. "코르넬리아는 어떻게 됐지?" 이미 죽은 뒤였다.

미안했다. 너무 미안하고 부끄러웠다. 가정생활에 몰두하느라 한때 친구였던 이들에게 그토록 무관심하고 이기

적이었다는 걸 깨닫고는 마음이 불편했다. 코르넬리아는 내가 배제하고 무시하고 잊기에는 너무 가치가 큰 존재였다. 1년 내내 가까운 동반자로 내게 헌신했고 모든 재미와 행복을 뒤로하고 나를 보살폈으며 내가 필요로 하는 것이면 뭐든 제공해주려고 노력했다. 그런데 내게 사랑할 다른 대상이 생기자마자 코르넬리아를 내 삶에서 빼내버리다니 잘하는 짓이다! 최소한 이따금 함께 나가 달리게 해주거나 차 마시는 시간에 데리고 들어와 부드럽게 등을 쓰다듬어주기만 했어도 좋았을 텐데. 그러나 남편은 코르넬리아를 자기 가족들에게서 내게로 데려왔을 때와는 달리, 우리 첫아이가 태어나자 '개들은 신생아에게 치명적'이라는 또 다른 경구를 들먹였다. 나는 너무나 무지해서 남편의 말에 반박하지 못했고, 의문을 품기보다 쉽게 믿는 쪽을 택했다. 결국 코르넬리아가 쫓겨나는 것을 방치했고, 그게 코르넬리아에게는 끝의 시작이었다.

네 번째 개
잉그라반

누구든 개를 키우려면 개인적으로 돌봐주는 것은 물론, 사랑해줄 준비까지 되어 있어야 한다는 원칙이 서야 한다. 어린아이들을 사랑으로 키우는 동안에는 개를 충분히 돌보고 사랑할 수 없다. 간단하게 말해서 그럴 시간이 없다.

그러니 내가 다음 몇 년 동안 개 없이 지낸 것은 개가 어린아이에게 치명적이라는 남편의 지론 때문이 아니었다. 남편의 말을 곱씹고, 마을에 건강한 아이들이 많으며 동시에 개들도 많다는 사실을 관찰하고는 그 점을 믿지 않게 됐다. 코르넬리아와 잉그라반 사이에 10년의 세월을 둔 건 그저 시간이 필요했기 때문이다. 이제 처음 연달아 가졌던 아이 중 마지막 아이가 학교에 가고, 다음 아이 소식은 아직 없을 무렵 나는 다시 한번 개를 간절히 원했다.

나는 친구가 필요했다. 남편은 여전히 아침만 먹고 나면 멀리 떨어진 농장으로 가버렸고, 나는 소시지 무게를 달고 종이를 세느라(어느새 내가 그 일을 맡아 하고 있었다) 긴 오전을 보냈다. 운동을 해야만 하는 이유가 필요했고, 숲으로 가야 할 핑계가 필요했다. 내가 아직은 어려서(나는 여전히 어린 티를 벗지 못했다) 발랄하고 어린 강아지를 친구로 둘 수는 없었다. 둘 다 어리면 감독자와 검사관과 수의사의 정신을 빼놓을 게 뻔해서 비난의 대상이 되지 않으려면 다 자란 개여야 했다.

개들만큼 비난의 대상이 되기에 먼 존재는 없다. 사실 개들에게는 수준 높은 특권과 면제권이 다 있는 것 같다. 잉그라반은 나와 종일 함께 시간을 보냈고, 밤이 되면 당연한 듯 내 침대 위 깔개에서 잤다. 잉그라반은 누런 갈색의 크고 사랑스러운 그레이트데인이었다. 근처 큰 마을의 사육자한테서 데려왔는데, 혈통 좋고 자식 많은 부모의 새끼였다. 200마르크를 지불하고 잉그라반에게 목줄을 채워 집에 데려왔다. 개를 사인승 마차에 실어 데려오는데 한편으로는 득의만면했고, 한편으로는 두려웠다.

"작은 여자와 큰 개." 남편이 처음 우리를 봤을 때(호밀 생각에 정신이 없는 와중에도) 인자하지만 추상적인 투로, 경구처럼 뱉은 말이다.

잉그라반이 구부정하지만 멋진 모습으로 항상 내 옆에 있어서 나는 아무리 멀고 호젓한 곳이라도 갈 수 있었다. 잉그라반은 내 친구이자 보호자였다. 잉그라반이 내 삶에 들어온 날부터 내게 발소리는 더 이상 공포가 아니었다. 외딴곳에서 혼자 걸어본 여자라면 알 만한 두려움이 사라졌다. 나는 발걸음 비슷한 소리를 들어도 더 이상 뛰지 않았다. 덤불에서 뭔가가 바스락거려도 두근거리는 가슴을 부여잡은 채 멈춰 서서 귀를 쫑긋 세울 필요가 없었다. 잉그라반이 뭐든 해결해주었다. 잉그라반은 어떤 것도 문제없이 처리해줄 것 같은 외모였다. 그러나 나와 아이들에게는 더없이 친절하고 사려 깊고 다정했다. 나중에 알고 보니 잉그라반은 보통의 그레이트데인보다 훨씬 더 영리했는데, 그건 정말 운 좋은 일이었다. 완벽한 개 같았다. 그때까지도 말들을 계속 훈련시켜야 해서 매일 마차를 타고 나갔는데, 어느 날 오후, 마차에 올라 내 앉은키를 훌쩍 넘겨 요한의 망토에 닿을 정도로 큰 잉그라반이 옆자리에서 자신만만하고 위풍당당하게 앉아 미동도 없이 주위를 살피고 있는 걸 보고는 그 개가 비주, 빌닷, 그리고 코르넬리아에 비해 얼마나 우월한지 깨달았다. "혹시 나한텐 주려거든 큰 개만 주세요." 나는 아직 큰 개들이 얼마나 우둔할 수 있는지 모른 채 과거는 잊고 현재에만 기뻐하며 혼잣말했다.

완벽한 잉그라반에게도 한 가지 결점이 있었다. 잉그라반은 사슴만 보면 바로 반응했다. 들판에는 다마사슴•이 가득했다. 얼굴이 잘 익은 호밀 색깔인 작고 우아한 다마사슴이 어디선가 우리를 내다보면, 대도시 근교에서 자라 내게 오기 전까지 사슴을 본 적이 없는 잉그라반은 곧 억누를 수 없는 충동을 느꼈다.

그게 실패의 원인이 되었다. 만약 다마사슴들이 원래 있던 곳에 조용히 있었다면 목숨을 구할 수 있었을 텐데 마차가 나타나기만 하면 뛰어 달아났고, 내가 아무리 간절히 명령을 내려도 잉그라반은 즉시 사슴들에게 덤벼들었다.

다른 면으로는 완벽한 잉그라반이 이 점에서는 구제 불능이었다. 그것 때문에 잉그라반이 잘못될 것 같아서가 아니라 농업에 종사하는 남편의 아내로서 호밀밭이 망가지는 게 너무 끔찍해서 잉그라반의 행동을 고치기 위해

• 등에 하얀 점들이 있는 유럽산 작은 사슴.

갖은 노력을 다했다. '아니무스 투스 에고'. 이 문구가 호밀로 생계를 유지하는 우리 부부에게는 명령과도 같았다. 내가 아무리 간청하고 꾸짖고 목줄을 잡아당겨도 잉그라반은 대수롭지 않게 몸을 비틀어 목줄에서 빠져나가버렸다. 마침내 돌아오면 나는 다시는 그러지 못하도록 잉그라반을 때렸다. 그러나 내 손만 아팠지 잉그라반에게는 아무 영향도 끼치지 못했다. 그러던 어느 날 잉그라반이 순식간에 사라져 보이지 않았다. 그때 멀리서 총성이 들렸고, 죽은 건 사슴이 아니라 잉그라반이었다. 우리가 도착했을 때는 이미 아름답고 부드러운 옆구리에서 흘러내린 피로 바닥이 흥건했고, 잉그라반은 죽어 있었다.

"어떻게…… 어떻게 이럴 수가!" 나는 우두커니 서서 담배에 불을 붙이는 포수에게 정신 나간 듯 울부짖었다.

"사냥하다 그랬는걸요." 그가 무심하게 내뱉었다.

그 사람은 무심하지 않을 이유가 없었다. 그의 앞에는 노쇠한 마부와 외국인임이 분명한 젊은 여자뿐이었으니까. 노인과 여자. 그는 빈말이라도 사과하거나 도와주겠다는 말을 하지 않았다. 요한과 내가 울부짖는 일 말고는 아무것도 할 수 없는 무력한 사람들이 아니라 제복을 입은 관리였다면, 요한이 조금이라도 따지고 들 수 있는 사람이었다면 포수는 아마 사과를 하고 피 흘리는 불쌍한 개를 우리와 함께 옮겨 마차에 실어주었을 것이다.

그러나 그는 아무런 말이나 행동도 없이 그 자리를 벗어났다.

다섯 번째 개

잉굴프

잉그라반의 사진은 없지만, 나와 짧은 시간을 함께하는 동안 한 번도 기가 살아본 적이 없는 슬픈 개, 잉그라반의 다음 개인 잉굴프의 사진은 한 장 있다.

스냅 사진 속에서 나를 등진 채 내가 내 어린 아들과 무엇을 하든 관심조차 주지 않는 잉굴프의 저 근엄한 모습

을 보라.

아마도 덩치가 너무 커서 그런 것이리라. 잉굴프는 내 개 중에서 덩치가 가장 컸다. 거대한 몸 때문에 스스로를 이끌고 다니기에도 벅차 보였다. 잉굴프는 들판을 가로질러 튀어 오르는 사슴들을 쫓기는커녕 흐리멍덩한 눈으로 망연히 쳐다보기만 했다. 틈만 나면 엎드려 있다가 마지못해 일어나는 슬프고 시큰둥한 개였다.

잉그라반의 죽음에 나는 큰 충격을 받았고, 이를 본 남편은 나를 위로하기 시작했으며, 세상만사가 흔히 그렇듯 어쩌다보니 또 한 번 연달아 아이를 가지게 되었다. 나는 이상하게도 임신과 출산을 통해 가능한 한 최선을 다해 아픔과 통증, 불길한 예감, 죽고 싶은 욕망을 다스려가며 위로를 받았던 것 같다. 어쨌든 그러다보니 확실히 한동안은 잉그라반을 잊을 수 있었다. 그러다 어느 정도 시간이 지나자 다시 자유를 향한 그리움이 내 안에서 기어 나오더니 어느새 걷게 됐고, 이어 삶에 대한 오랜 낙관이 되살아나며 달리기 시작하자 그 충직했던 개가 몹시 그리웠다. 잉그라반이 옆에서 보호해주지 않는 숲은 너무 크고 쓸쓸하게 느껴졌다.

그럼에도 (겨우 두 명을 그룹이라 불러도 될지는 모르겠지만) 두 번째 아이 그룹이 통통한 다리로 일어서고, 물건을 부수고, 뛰어다닐 나이가 돼서야 잉그라반의 후임을 생각해보게 되었다. 그때까지는 세심한 암탉처럼 아이들의 주위를 맴돌았다. 그러다 요람이 아기 침대가 되고, 아기 침대가 어린이용 침대로 바뀌고 아이들의 물건이 사방을 어지럽히자 나도 이따금 하루 정도는 휴식을 취하고 싶다는 생각이 들었고, 그게 반복되면서 휴식하는 데는 개만 한 게 없다는 생각에 이르렀다.

사실 클 만큼 큰 아이 셋은 나와 함께 며칠 동안 쉬기를 간절히 바랐지만, 가엽게도 가정교사들의 통제를 받고 있을 때라 그럴 수 없었다. 아이들은 바깥 날씨가 아무리 화창하고 상쾌하고 달콤한 바람이 불어도 지켜보는 눈을 피해 몸을 비틀어가며 오전 내내 공부방에 앉아 있어야 했다. 오후에는 조랑말 타는 법과 테니스 치는 법을 배웠고, 정해진 시간에 가까운 호수에 가서 수영하는 법을 배웠다. 또 다른 정해진 시간에는 풀과 꽃을 보면서 식물학을 익혔다. 독일인 남자 교사와 영국인 남자 교사, 독일인 여자 교사와 프랑스인 여자 교사, 이렇게 네 명의 가정교사가 신중하게 계획된 활동을 이끌었다. 아이들은 남편이 결혼 초에 세워둔 계획에 따라 교육을 받았다. 애초에 남편은 아들에게 필요한 교육과정을 짰는데, 아들 없이 딸만 두었음에도 그 계획을 버리지 않았다. 남편은 같은 훈련이 주어지면 여자아이든 남자아이든 결과는 같을 거라고 스스로를 설득해가며 안타까운 상황을 극복했다.

그게 과연 그런지는 모르겠다. 어쨌든 내 경우에는 그렇지 않았다. 딸들은 공립학교에 다니는 소년들과 똑같은 수업을 집에서 받았고, 크리스마스 직전에는 시험에 통과하기 위해 카운티 타운에서 연례 시험도 치렀다. 그러나 남편과 독일인 교사가 만족할 만한 결과는 얻지 못했다. 우리 어린 딸 셋은 수업을 따라가는 데만 혈안이 되어 있었고, 시험에 통과하지 못한 데 대한 수치심은 전혀 없었다.

처음에 나는 이것 때문에 화가 났고, 내게는 큰 기쁨과 자긍심의 근원인 사랑하는 아이들이 은혜의 수단을 제공받았음에도 시험과 상관없다는 듯 행동하는 게 유감스러웠다. 그러나 곧 독일에서는 여자아이가 남자아이처럼 교육받는 것 자체가 만만치 않은 일이고, 특히 어린 남자아이들이 공부한 내용을 열심히 익혔는데도 시험을 잘 보지 못해 자살하는 경우가 많다는 끔찍한 얘기를 듣고는 오히려 감사하게 되었다. 먼 친척의 아들 한 명은 아버지 과수원에 있는 사과나무에 목을 매단 채 발견되었고, 또 어떤 아이는 오데르강•에서 끔찍하게 생을 마감하기도 했다. 이런 이야기들을 듣고 나니 내 아이들이 매년 유급당하거나 꼴찌를 해도 비난하지 않고 봐주게 되었다.

하지만 남편은 걱정이 이만저만이 아니었고, 아이들을 나이에 맞는 수준에 도달하게 해야 하는 독일인 교사 역시 걱정이 태산이었다. 실제로 남편은 불같이 화를 내며 아이들에게 '어리석은 계집들'이라고 말했고, 나쁜 성적의 책임을 물어 독일인 교사를 해고해버렸다.

대신 옥스퍼드와 케임브리지 출신의 영국인 교사와 6개월 조건으로 계약해서 아이들과 영어로 산문과 시를 읽게 했는데, 나는 이게 다 무슨 법석인가 싶었다.

'이 불쌍한 아이들이 첫 기저귀를 갈 때' 시험이란 시험에 모조리 통과했다는 프랑스인 여자 교사까지 들였지만 과연 효과가 있었는지는 의문이다.

그리고 천성이 음탕해서 독일인 남자 교사와 차례차례 사랑에 빠진 독일인 여자 교사는 해고된 교사의 자리를 덥석 꿰찼고, 크게 짖는 개처럼 그를 줄곧 따라다니며 그게 다 구제 불능이고 게을러빠진 아이들의 잘못이라고 주

• 독일과 폴란드의 국경을 가로질러 흐르는 강.

장했다.

아이들 탓이었을지도 모른다. 그러나 사과나무에 목을 매거나 오데르강에 뛰어드는 것보다는 게으른 게 훨씬 더 낫지 않은가. 그리고 나는 불쌍한 여자 교사가 행동하는 방식, 즉 떠나려는 남자를 바짝 뒤쫓는 걸 보고는 다시 개들을 기억해냈다. 내게도 헌신적인 무언가가 따라다니면 얼마나 좋을까 생각했고, 내 경우에는 사람이 아니라 네 발 달린 짐승이었다. 맏이 그룹 아이들은 갇혀서 공부만 해야 하니 내가 어쩌지 못했고, 둘째 그룹 아이들은 아직 어려서 나와 교감을 나누려면 몇 년이나 더 기다려야 했기에, 나와 친구가 되려면 공부하지 않아도 되는 행복하고 걱정 없는 종족이어야 할 터였다. 바로 개였다.

어느 날 평소처럼 아이 셋과 남편과 나, 그리고 가정교사들이 함께 저녁을 먹는 자리에서 내가 버럭 소리를 질렀다. "사람은 누구나 완전해지기를 원해요."

그냥 개가 있으면 좋겠다고 해도 됐을 텐데 왜 그렇게 말했는지 모르겠다. 그때 내 말투는 늘 오해를 받아 좌절하고, 적당한 대우를 받지 못한 채 핍박받는 여성의 말투 같았을 것이다.

그러나 그 말이 여자 교사들에게 꽤 잘 먹혔는지 그들

이 동의한다는 듯 낮게 탄성을 뱉었다.

"아, 맞아요!" 독일인 여자 교사가 독일인 신임 남자 교사를 똑바로 쳐다보며 한숨을 쉬었다. 그 남자는 신부가 되려는 사람이어서 늘 태도가 신중했고, 그때도 아무 말 없이 접시만 내려다보고 있었다.

"맙소사, 맞아요." 프랑스인 여자 교사도 눈을 치켜뜨며 중얼거렸다.

영국인 남자 교사는 흥미로운 표정으로 나를 바라보았다. 그는 우리와 거의 3개월을 함께했는데, 그동안 식사 자리에서 누군가가 버럭 소리를 지르기는커녕 아무도 개인적인 감정을 드러내지 않는다는 것을 잘 알고 있었다. 남편과 나는 하루에 두 번, 교사 모두를 불러 한 명씩 돌아가며 예의 있게 대화를 건넸고, 가끔은 소소한 농담으로 법정에서 판사가 우스갯소리를 했을 때와 비슷한 반응을 이끌어내곤 했다. 즉 남편은 시시껄렁한 농담을 했고, 나는 딱딱한 식사 자리 예법에 짓눌려 조금도 기뻐하지 못했다. 영국인 남자 교사는 우리 부부만 있는 아침 식사와 티타임의 분위기가 어떤지 알 길이 없지만, 어쨌든 그들과 함께 있을 때 우리 두 사람은 영락없는 호흐게보렌이라고 생각했을 것이다.

그런데 방금 그 완벽한 부부 중 한 사람이 실수를 했다. 영국인 남자 교사가 호기심에 차서 올려다보는 게 당연했다. 여자 교사들이 동의한다는 뜻으로 내뱉는 탄성은 곧 자제심이 없어질 수 있음을 의미했고, 차분하고 예의 바른 식사 자리는 순식간에 억압받던 여성이 해방을 외치는 투쟁의 장이 된 듯했다. 젊고 품위 없는 그는 오히려 이 분위기를 마음에 들어 했다.

그러나 그는 그라프•를 고려하지 않았다. 능숙한 해결사인 남편은 자기 아내가 만들어낸 상황에 휘둘리지 않고 너그럽게 웃으며 말했다. "친애하는 사모님, 맛있는 팬케이크를 좀 더 드세요. 그러면 완전해지실 거예요."

잠시 후 서재에서 시계가 8시 반을 알리자마자 여자 교사들이 벌떡 일어나 물건을 챙기고 밤 인사를 한 뒤 한 명씩 문으로 나가버렸고, 남자 교사들은 동시에 잘 자라는 인사를 한 뒤 다른 쪽 문으로 나가버렸다. 남편은 그제야 희망 섞인 목소리로 말했다. "완전해지고 싶다는 게 무슨 소리야? 혹시 아이를 하나 더 낳자는 건가?"

그때 아이는 이미 다섯이니 충분하고, 개가 있으면 좋

• '백작'을 뜻하는 독일어.

겠다고 대답하자 남편이 매우 실망했던 기억이 난다.

다음 날, 나는 마차를 타고 잉그라반을 데려왔던 사육자를 다시 방문했다.

거기에서 잉굴프와 바로 사랑에 빠졌다. 아래는 잉굴프와 놀아보려고 애쓰는 내 막내딸의 사진이고, 다음에도(다다음 페이지 사진) 같은 딸애와 조금도 즐겁지 않은 표정을 짓고 있는 잉굴프의 사진이다.

내가 잉굴프에게 홀딱 빠진 이유는 크기 때문이었던 것 같다. 못 보고 지나갈 수도 있었을 텐데, 그렇게 인상적이고 분명한 것에는 감탄할 수밖에 없었다. 잉굴프는 곧바로 눈에 띄었다. 잉그라반과 조상이 같았고, 작은 조랑말

처럼 생겼으며, 덩치는 전임인 잉그라반보다 1.5배는 더 커서 가격도 그만큼 비쌌다. 아마 개는 크기에 따라 가격이 매겨지는 모양이었다. 아니면 내가 얼마나 좋아하는지에 따라 가격이 매겨졌을까? 어쨌든 나는 잉굴프를 사 왔다. 그때쯤에는 글로 돈을 벌고 있어서 초기 포메라니아 시절처럼 돈을 좀 썼다고 기분이 끔찍하게 나쁘지는 않았다. 잉굴프로 꽉 찬 마차를 타고 의기양양하게 집으로 돌아왔다.

그러나 곧 의심에 휩싸이기 시작했다. 집으로 가는 길에 이미 의심이 싹텄다. 이 개는 마차 타는 것을 전혀 생소해하지 않았고, 마차를 두려워하지 않았으며, 사실상 어떤 것도 꺼리지 않는 것 같았다. 잉굴프는 두려워하지도 기뻐하지도 않았다. 그저 무심했다. 덩치가 어마어마한 개가 내 옆에 축 늘어져 있어서, 전에 잉그라반을 처음 데리고 올 때처럼 온 힘을 다해 목줄을 잡고 있을 필요가 없었다. 쓰다듬거나 으쓱하도록 칭찬해주거나 개가 좋아하는 뼈다귀나 사료로 용기를 북돋우려 해도 아무 소용이 없었다. 어떤 것도 잉굴프에게는 효과가 없었다. 잉굴프는 움직이지 않았고, 관심을 보이지 않았다. 소리를 전혀 못 듣는 것 같기도 했다. 흐리멍덩한 눈으로 앞만 멍하니

바라보았고, 우리가 지나갈 때 산토끼가 쏜살같이 튀어나왔는데도 아무런 반응을 보이지 않았으며, 집에 도착하자마자 드러누워버렸다.

잉굴프에게는 '엎드려'라는 명령이 전혀 필요하지 않았다. 항상 엎드려 있었으니까. '안 돼!'라는 말도 불필요했다. 잉굴프는 욕심이 없어서 죄도 짓지 않는 도덕적인 개였다. 열정 넘치는 전임 개와 이렇게 대비되다니! 내 사랑스러운 새 개가 똑똑하지 않다는 게 말이 돼? 아니면 좀 더 먹여서 튼튼해지게 하면 될까?

잉굴프가 똑똑하지 않다는 건 생각만 해도 견딜 수 없어서 나는 부지런히 개에게 먹이를 주기 시작했다. 운동도 열심히 시켰다. 잉굴프는 앞에 놓인 음식을 아무 생각 없이 먹었고, 밖에 데리고 나가면 심드렁하게 따라다녔다. 내가 아무리 자기를 위해 기운을 짜내 쉼 없이 달려도 덩치가 큰 잉굴프는 뛰지 않고도 금세 나를 따라잡을 수 있었고, 내가 숨을 돌리거나 신발 끈을 매려고 잠시 멈추면 바로 누워버렸다. 제대로 운동시키기가 보통 어려운 일이 아니었다.

수의사가 집으로 불려 왔다.

"이 개는 자유롭게 음식을 먹게 해야 합니다." 잉굴프를 검사한 뒤 수의사가 말했다.

"자유롭게 먹고 있는데요." 내가 말했다.

"그러면 운동이 필요하겠네요."

"항상 함께 운동을 합니다."

"그럼 회충 때문에 고생하는 겁니다. 약 보내드릴게요."

도착한 약을 먹였지만, 회충은 한 마리도 나오지 않았

다. 음식 양을 늘려봤더니 힘없이, 그러나 순순히 다 먹어치웠다. 항상 꿈꾸듯 몽롱한 상태로 먹으라면 먹었고, 걷자면 걸었으며, 또 먹으라면 먹었다. 그리고 기회가 생길 때마다 바닥에 드러누워버렸다.

"도대체 어떻게 해야 할지 모르겠어요." 내가 마침내 고백했다.

"불쌍해라." 남편이 나를 위로했다. 그러나 나는 위로도 원치 않았다.

며칠 뒤 누워 있는 잉굴프를 보고 암담한 기분이 들어 말했다. "다시 데려다주는 게 나을 것 같아요."

"그래야겠지." 남편은 개를 데려다주는 데는 무조건 찬성이었다.

"그리고 다른 개로 바꿔 올래요."

"안 돼, 바꿔 오지는 마."

그러나 내 손으로 잉굴프를 데려다주기까지는 오랜 시간이 걸렸다. 내가 방법을 몰라서 그렇지 접근법을 알기만 하면 잉굴프도 꽤 좋은 개일 거라는 생각이 들었다. 그렇게 큰 머리가 텅 비어 있을 리는 없을 것 같았다. 그걸 제대로 다루는 방법을 모르는 내 탓이었다.

그러나 아무리 노력해도 잉굴프는 움직이지 않으리라

는 깨달음이 왔다. 잉굴프는 기질상 슬프고 무관심할 수밖에 없는 개였다. 그러던 어느 날 오후, 우리 둘 다 실의에 빠졌고, 나는 잉굴프를 데려온 곳으로 다시 데려갔다.

웃으며 걸어 나오던 사육자가 나와 잉굴프를 보더니 웃음을 거뒀다.

"좀 늙어서 그런 것 같아요." 그즈음 나는 서서히 그런 생각을 하기 시작하던 참이었다.

"늙어요?"

"네." 나는 조금도 움츠러들지 않고 화난 눈으로 그를 마주했다. 나는 평생 화를 내며 누군가를 똑바로 쳐다본 적이 없었다. 다행히 지금까지도 그런 경우는 많지 않다.

"늙었다고요?" 사육자가 귀를 의심할 수밖에 없다는 듯 되물었다.

"네, 늙었다고 했어요." 나는 다른 곳을 보고 싶은 마음과 싸워가며 대차게 대답했다.

그러자 사육자가 잉굴프의 주둥이를 벌리더니 이빨을 자세히 보라고 했다. 자세히 봤지만 모르긴 마찬가지였다.

이번에는 특정한 근육을 만져보라고 해서 그렇게 했지만 역시 아무것도 알 수 없었다.

"이 개는 태어난 지 얼마 안 된 강아지예요." 사육자가 허리를 펴며 큰 소리로 말했다. 목소리가 우렁찼고, 허리는 꼿꼿했다.

나는 그의 눈을 마주할 수 없었고, 너무 분했다. 누워 있는 잉굴프만 똑바로 쳐다봤더니 용기가 생겼다. 나는 사람이 바빠서 제정신이 아니면 자기가 무슨 일을 하는지도 모르는 법이라고 중얼거렸다.

그 말에 사육자는 아까보다 훨씬 더 가슴을 쫙 폈고, 손을 양쪽 엉덩이에 올린 채 말 한마디 하지 않고 나를 노려봤다. 나는 다음에 일어날 불의의 상황을 피하고자 얼른 내 방문의 진짜 목적을 설명했다. 차마 '교환'이라는 말을 할 용기가 없어서 다른 개를 사러 왔다고 말했다.

결국 나는 두 마리를 샀다. 강아지 두 마리. 아주 사랑스럽긴 했지만, 두 마리. 돌이라도 녹일 만큼 예뻤지만, 그래도 두 마리는 두 마리였다. 집에 가면 어떤 반응이 돌아올까? 남편은 어떤 경구로 강아지들을 맞아들일까? '음, 지금은 걱정하지 마'라고 스스로를 다독이며 손을 더듬어 돈을 찾았다.

두 마리였지만 잉굴프를 샀던 돈의 절반만 들었다. 사육자는 내가 개 한 마리를 데리고 와서 두 마리를 데려가려면 두 배를 지불해야 마땅하지만, 내가 오랜 단골인 셈

이니 자기가 양보하겠다고 했다.

그 말에 나는 다시 뭐라고 중얼거리기 시작했다. 잉글프를 놔두고 오기 때문에 실제로는 한 마리만 데리고 가는 거라는 내용이었다. 그러나 사육자는 이 말에는 상대도 하지 않으려 했고, 나는 신중하게 고려할 필요가 있다고 속으로만 생각했다. 게다가 설명이나 언쟁을 할 정신이 없었다. 겨우 마차에 끌어 올린 양만 한 강아지들이 반대쪽으로 내려가려 하고 있었던 것이다.

마차를 타고 집으로 돌아가는 길은 탈출과 포획의 연속이었다. 말들은 몇 번이나 도망치려고 시도했고, 강아지들은 별안간 다리와 꼬리가 수천수만 개라도 된 것처럼 까불어대며 덤불 속으로 달아나버렸다. 나는 강아지들을 쫓아가 잡아 오느라 정신이 없어서 우리가 집에 도착했을 때 남편이 어떤 반응을 보일지 신경 쓸 겨를조차 없었다.

반응은 내가 걱정했던 것보다 훨씬 더 좋지 않았다. 불행하게도 하필 남편이 매일 해야 할 검사를 끝내고 돌아와 나를 맞으러 나와 있었고, 강아지들은 마차가 멈추기도 전에 내가 쥐고 있던 목줄에서 몸을 비틀어 빼내고는 누가 반기기라도 하듯 바로 남편에게 달려들었다.

당연히 남편은 격노했다.

여섯 번째, 그리고 일곱 번째 개
잉고, 그리고 이보

강아지들의 이름은 잉고와 이보였다. 둘 다 잉굴프, 잉그라반과 같은 최상급이었고 내 인생에 격렬하게 뛰어들었을 때 생후 6개월밖에 되지 않았다.

나와 함께한 3년 동안 잉고, 이보와 같이 찍은 사진이 아주 많다. 바로 이어지는 사진은 초기로서는 아주 드물었던 휴식의 순간에 찍은 것이다. 사진 속 여자는, 유감스럽게도, '나'다. 당시 내가 다른 어느 때보다 상태가 좋지 않기는 했지만, 감히 말하건대 이 사진처럼 못생기지는 않았었다.

그다음 사진은 뒤뜰에서 막내 둘과 함께 찍은 것이다. 막대기를 들고 있는 청년은 나와 상관없다. 내 아들이 아니라는 말이다. 바로 전 사진을 보면 내게서 어떤 외모의 자식이 나와도 이상하지 않지만, 어쨌든 이 사진 속 아이

는 주방 일을 도와주는 소년이었다.

뒷장의 사진은 한참 후 내 막내아들과 잉고가 찍은 것이다.

그리고 그 아래 사진 역시 훨씬 나중에 이보와 목사의 딸이 함께 찍은 사진이다. 우리가 생일 파티를 열어주었을 때라 아이는 화관을 쓰고 있다.

잉고와 이보는 예쁘게 자랐고, 마침내 예절 바르게 행동할 줄 알게 되자 나는 둘 덕분에 굉장히 우쭐했다.

그렇게 되기까지 오랜 시간이 걸렸다. 그 전까지 많은 일을 겪었다. 두 녀석을 데려올 때쯤 나는 집안일, 좋은 아내와 어진 어머니로서의 역할, 감독자와 검사관과 수의사가 시키는 일을 다 끝낸 뒤 틀어박혀 글을 쓰는 습관이 있었기 때문이다.

나는 정원에 있는 폐(廢)온실에 처박혔고, 당연히 강아지들도 나와 함께 갇혀 그 안에서 지냈다. 이건 절대 평화로운 상태를 보장하지 않았다. 잉고와 이보가 오기 전에 이곳은 곰팡내가 나긴 했지만 보통의 무덤처럼 조용했다. 오래전에 죽은 정원사들이 그 안에 깨진 지 오래인 화분을 넣어두곤 했는데, 이미 오래전에 세상을 떠난 호흐게보렌 안주인을 즐겁게 해줄 용도로 사용되던 것이었다.

강아지들이 오기 전의 평화로운 시절에는 내가 펜을 사각사각 끄적이지 않으면 아무 소리도 들리지 않았다. 잉굴프는 깔개에 누워 절대 소리를 내지 않았고, 감사하게도 안을 걸어 다니거나 뭔가를 먹지도 않고 돌부처처럼 가만히 누워만 있었다. 따라서 완벽하게 평화로웠고, 나는 누구의 방해도 받지 않고 글을 썼다. 오랜 세월을 거치며 창문에 더께가 내려앉아 밖에서는 내가 있는 온실 내부가 보이지 않았고, 하인들이 혹시 명령을 받으려고 나를 쫓아와도 내가 거기에 있다고 확신하지 못했다. 작은 노력도 하지 않는 무기력한 개 잉굴프는 닫힌 문 앞에서 사람들이 아무리 노크해도 절대 그르렁대지 않았다. 덕분에 나는 방해가 될 만한 사람이 도착해도 숨을 죽인 채 가만히 앉아서 거기에 없는 척만 하면 됐다.

일하기에 더할 나위 없이 좋은 조건이었다. 그러나 잉고와 이보 때문에 평화는 끝나버렸다. 그 개들이 도착한 뒤로 한두 주 동안은 내가 어디에 가든, 어떤 위장을 하든 위치가 바로 들통났다. 다리가 많고 꼬리가 달린 동반자들이 늘 함께했으므로, 개들도 나도 몸을 숨길 수 없었다. 정원에서 가장 조용했던 온실 주변이 이제 가장 시끌벅적한 장소가 되었다. 그곳에서는 끊임없이 '쿠슈'와 '푸이'라

는 외침이 터져 나왔다. 안에서는 짖는 소리가 끊이지 않았고, 일하는 것은 아예 불가능했으며, 간단한 세간도 모조리 부서졌다.

강아지들이 처음 온실에 왔을 때는 재앙이었지만, 얼마 지나지 않아 우리는 모두 흥분을 가라앉혔다. 무심한 잉굴프는 제대로 거들떠보지도 않던, 구석에서 잊힌 채 쌓여 있기만 하던 화분이 동시다발적으로 강아지들의 공격을 받았고, 파괴의 기쁨에 취한 커다란 강아지들에 의해 산산조각이 난 채 날아다녔다. 잉굴프가(결국 잉굴프가 기특한 개였나?) 아주 우아하게 누워 있던 깔개는 강아지들이 한쪽씩 나눠 물고 힘껏 잡아당겨 뜯어버렸다. 내 의자를 덮은 쿠션은 간단한 응급처치를 받아야 했다. 마침내 이보는 방심한 틈을 타 내 얼굴을 핥으려고 벌떡 일어나다 테이블을 뒤집어엎었고, 바닥은 (그때 내가 쓰려던 이야기인) 《프로일라인 슈미트와 앤스트루터 씨》와 잉크와 깨진 유리잔으로 세상에서 가장 무시무시한 공간으로 변했다. 셰익스피어인들, 키플링인들 그런 상황에서 어떻게 일을 할 수 있었겠는가?

나는 프로일라인 슈미트의 남은 부분을 구출해내려고 무릎을 꿇었고, 이보가 슈미트를 바닥에 넘어뜨렸을 때, 잔뜩 튄 잉크를 묻힌 나를 올려다보며 그녀가 하던 말을 나 자신에게 되물었던 기억이 난다.

"죄인은 항상 유쾌하게 죄를 짓지." 그녀가 말했고 내가 썼다.

그리고 "죄를 지으며 후회하는 가련한 존재"라고 그녀가 말했고 내가 고쳐 썼다.

아마 나도 그녀의 말에 동의했을 것이다. 그녀는 나의 대변인이었고, 내가 아침마다 급하게 불어내는 트럼펫 소리였을 테니까. 그러나 여기 극도의 기쁨에 찬 죄인들은 전혀 후회하는 법 없이 황홀경에 빠져 자기들이 저지른 범행 현장을 뛰어다녔고, 나는 너무 화가 나서 칭찬은커녕 '푸이'조차 제때 내뱉지 못했다.

프로일라인 슈미트는 그녀가 생각한 것처럼 항상 옳지는 않았던 것 같다. 강압적으로 말하는 데는 서툴렀던 듯하다.

어쨌든 나는 한동안 그녀에게 신뢰를 잃었고, 대화를 단절했다.

앞서 개인적으로 개를 돌보고 사랑할 준비가 되지 않은 사람은 개를 들여서는 안 된다고 말했는데, 거기에 일하기를 원하는 사람은 절대 큰 강아지를 키우면 안 된다는 확고한 원칙까지 더하고 싶다. 일을 하려는 사람은 강아지, 특히 덩치가 큰 강아지들을 키워선 안 되고, 강아지를 키우는 사람의 체구가 작다면 더욱이 큰 강아지를 옆에 둬서는 안 된다.

나는 지금도 그렇지만 예전에도 덩치가 작았다. 잉고와 이보가 뒷다리로 서서 내 어깨에 앞발을 얹으면(나는 이 행동이 언짢아서 가능하면 못 하게 한다) 거의 내 키만 했고, 아무리 빨리 얼굴을 옆으로 돌려도 동작 빠른 녀석들의 핥기 공격을 피할 수 없었다. 그리고 쉴 새 없이 흔들어대는 꼬리 때문에 테이블 위에 있는 물건이 남아나지 않았다.

이 두 가지 버릇만으로도 두 녀석은 실내에 있을 수 없었다. 그러나 이것 말고도 어린 강아지들이 공통적으로 지닌 버릇이 여럿 있다. 크면 고쳐질 테지만 미리 고쳐주고 싶어서 목줄을 잡으려고 다가가면 녀석들은 일찌감치 내 생각을 읽고 맹렬히 뒷걸음질을 쳐버렸다. 또 코를 비비는 버릇을 고쳐주고 싶었지만 아무리 노력해도 녀석들의 머리를 옆으로 돌리지조차 못했다.

그래서 잉고와 이보는 내가 집안일을 하거나 밥을 먹거나 자는 등의 일을 할 때 둘만 따로 온실에 있어야 했다. 그렇게 떨어져 있다가 온실로 돌아갈 때면 녀석들이 나를 너무 격하게 환영하다가 밀어 넘어뜨리지 못하게 각별한 노력을 기울여야 했다. 그러나 점차 상황은 안정되어갔다. 강아지들과 평화롭게 지낼 수 있는 비결은(그때까지 데리고 있었던 개들이 비주를 빼고는 모두 완성형이어서 잘 훈련되어 있었다) 그들에게 굉장히 많은 훈련을 시키고, 많은 음식을 주는 것뿐이었다. 강아지들은 규칙적으로 많이 먹여야 한다. 그러면 몇 시간이고 오래 잠을 자서 내게 앙심을 품은 앤스트루터 씨를 제대로 상대할 수 있었다.

그때 내가 선택한 방법 덕분에 머지않아 온실에도 새 깔개가 제대로 깔렸고, 잉고와 이보는 말 그대로 등 따뜻하고 배부른 상태로 세상이 어떻게 돌아가는지 모른 채 발과 귀와 꼬리를 편안하게 뉘었고, 그 틈에 나는 다시 《프로일라인 슈미트와 앤스트루터 씨》를 만나 사이좋게 지낼 수 있었다.

여덟 번째 개

프린스

다음은 영국 개였다. 잉고와 이보가 오고 3년이 지났을 때 주변 상황의 변화로 내가 더는 포메라니아에 있을 수 없었기 때문에 다음 개도 당연히 영국산이었다. 우리는 더 이상 포메라니아 사람일 수 없어서 아이들과 나는 영국에 살러 갔다.

이보는 목사에게, 잉고는 고급 관리에게 보내졌다. 검역 때문에 이보와 잉고를 데려갈 수 없었다. 다행히 녀석들의 새집은 좋았고, 새 주인도 잉고와 이보를 자랑스러워했다. 사실 누구라도 잉고와 이보처럼 잘생긴 개들을 자랑스러워하지 않을 수 없을 터였다. 녀석들은 그다지 영리하지는 않았지만(그래도 잉굴프보다는 확실히 더 똑똑했다) 건강하고 활발하고 정직했다. 잉고와 이보는 예민한 남편을 누그러뜨리고, 재미없는 남편은 철저하게 만족시키는 아내 같은 유형의 개들이었다.

프린스는 완전히 달랐다. 그 개는 사악했다. 첫 대면을 하는 동안 그 강렬하고 붉은 눈 때문에 몇 번이나 움찔했다. 어쨌든 그때 내 마음은 무거웠고 제대로 첫인사를 할 기분이 아니었는데, 프린스가 그걸 틀림없이 알아차렸을 터였다. 나는 불과 며칠 전까지 행복한 현재였던 과거를 끊임없이 되새기고 있었다. 어깨 너머로 자꾸 뒤를 돌아다보았다. 전체적으로 체계적이고 규칙적이던 것이 순식간에 쓸려나갈 수 있다는 게, 모든 예의와 엄격함이 사라질 수 있다는 게 믿기지 않았다. 나는 포메라니아의 모든 것이 그리웠다. 슬프고 외로웠다. 버팀목이 발밑에서 사라지고 내게는 지지대 대신 책임감만 남았다. 가장 어린 아이가 불과 여섯 살인 아이 다섯 명이 막중한 책임이 아니면 무엇이겠는가.

하지만 이 책은 자서전이 아니니 이 부분을 자세히 언급할 필요는 없겠다. 포메라니아에서 살던 경험을 가지고 데번셔에서 살자니 한마디로 슬리퍼를 신고 밖을 돌아다니는 것 같았고, 규칙과 규율을 강조하는 나라에서 오랫동안 훈련된 사람으로서 처음에 영국인 정원사에게 나를 소개했을 때 그가 즉시 발뒤꿈치를 모으고 차려 자세를 취하는 대신 삽에 편히 기대 있는 모습을 보고 적잖이 충격을 받았다는 것 정도는 언급해야겠다.

그때 포메라니아 출신인 우리는 서로 간의 교류 면에서는 경직되어 있었고, 자연현상으로는 엄청난 모래를 동반한 강한 바람에 익숙했으며, 일반적으로는 가혹한 처사에 길들여졌다는 것을 생각해봐주면 좋겠다. 그런 우리가 모두 검은색 상복을 입은 가운데 데번셔의 끈적끈적한 부드러움과 편안한 방식으로 냄새를 맡고 있는 검은 개와 마주쳤다고 상상해보시라. 그러나 이상한 것은, 그곳에서 전혀 행복하지 않았는데도 진수성찬에 곁들여지는 진한 크림 때문인지 바로 살이 찌기 시작했다는 점이다. 호흐게보렌 이웃이 없어서 주변의 초대를 받는 일 없이 몇 년을 자유롭게 살았지만, 그 후로는 나도 모르게 티 파티 문화에 젖어들어 있었다. 내가 처음 융커•의 습관을 발휘해 방문객들을 놀라게 한 것도 티 파티에서였다. 감독자, 검사관, 수의사와 여러 해를 보내는 동안 습관이 돼버렸는지 어이없게도 파티에 가서 다른 사람들에게 이제 앉아도 좋다고 말해버린 것이다.

• 19세기 중엽 프로이센 귀족.

어쨌든 프린스는 이 모든 장면을 벌겋게 상기된 눈으로 지켜봤다. 독일인 가정교사들이 영원히 사라졌기 때문에 우리 아이들은 매일 학교에 가야 했고, 그사이 내 옆을 지키는 일은 프린스가 맡았다. 따라서 내가 답례 방문을 하러 이웃에 돌아다닐 때 프린스도 불신하고 경계하는 태도로 나와 함께 모임에 참석했다. 불행하게도 프린스와 나는 서로를 점점 덜 좋아하게 됐다. 프린스는 몸의 털이 아스트라한 모피•처럼 짧고 꼬불꼬불하며 악마처럼 새카맸고, 머리와 얼굴에는 털이 없어서 몸의 다른 부위와 비교했을 때 너무 작아 보였다. 몸은 머리에서부터 꼬리까지 경사져서 엉큼한 표정으로 내려다보는 것 같은 인상을 주었다. 프린스는 다섯 살이었다. 어느새 프린스의 벌건 눈을 봐도 몸이 움츠러들지는 않았지만, 녀석을 데리고 뭔가를 함께하기에 다섯 살이라는 나이는 너무 많았다. 개들은 사람이 흠칫 놀라면 본능적으로 안다. 겉으로 드러내지 않고 속으로만 움찔해도 즉시 알아차린다. 그러므로 개에게는 속속들이 진심 어린 애정과 신뢰를 보여주든지, 아니면 호의를 보이지 않아야 한다. 프린스에게는 후자가

• 특정 품종의 새끼 양의 아주 곱슬곱슬한 털로 만든 검은 모피.

맞는다는 걸 나는 바로 알아챘다.

그럼에도 개를 데리고 다니는 데 익숙한 나는 무수한 초기 답방 때 프린스를 데려갔고, 내가 그 집에 들어가 있는 동안 프린스는 조랑말 마차에서 기다렸다(이때 나는 약간 닥스훈트 같아 보이는 조랑말 마차를 타고 다녔다. 이 마차는 차체가 너무 낮아서 독일 풀밭에 있었다면 초기 빅토리아 여왕 시기 사람처럼 보였겠다는 생각이 들었다). 내가 답례 방문을 한 집의 남편들은 대부분 퇴역 대령이었는데 티 파티가 끝나면 나를 바래다주러 나왔고, 프린스를 보자마자 착한 개라며 쓰다듬어주었다.

그러나 프린스는 착한 개가 아니어서 당장 그렇지 않다는 걸 보여주었다. 나만큼 움찔하며 뒤로 물러선 대령들은 심각한 어조로 내게 이 개를 어디에서 데려왔느냐고 물었다.

나는 프린스를 데려오지 않았고, 집을 살 때 그 집에 살던 프린스까지 넘겨받았다고 설명했다.

"음, 제가 저 개를 살펴야겠어요." 대령들은 무례하다고 여겨지지 않을 정도로 멀찌감치 서서 충고했다.

"프린스는 저를 돌봐야 해요." 내가 말했다.

"제 말은 제가 개를 조심해야 한다는 뜻이었습니다." 대령들이 말했다.

나도 그때 이미 프린스를 조심하고 있었다. 우리는 점점 더 서로를 경계했다. 나는 프린스의 적대감에 짜증이 났고, 항상 개들과 친구처럼 지냈던 나로서는 프린스의 외모까지 마음에 들지 않게 됐다. 프린스의 좁은 얼굴과 바짝 붙은 눈이 싫었다. 지금도 마찬가지지만 그때도 나는 검은 개가 싫었다. 낮에는 털에 싸인 채 도대체 무슨 생각을 하며 걷는지 알 수 없었고, 밤에는 자기 전에 밖에 잠깐 내보내주면 사방이 온통 어두워서 어디로 갔는지 보이지 않았다.

당신이 나름 배려한다고 자기 전에 개를 밖에 내보냈는데, 개가 프린스처럼 사악해서 애정이나 의무감 하나 없이 어디론가 사라져 오랫동안 나타나지 않는다면, 오지 않는 개를 기다리며 어둠 속을 빤히 쳐다보는 게 얼마나 달갑지 않은 일인지 알게 될 것이다. 나는 미지근한 데번셔 이슬비에 흠뻑 젖은 채 휘파람을 불기도 지치고 얼른 자러 가고 싶어 억지로 눈에 힘을 주고 정원 문 앞에 서 있곤 했다. 색이 옅은 그레이트데인은 어둠 속에서도 잘 보였고, 그런 일은 드물었지만 혹시 사라졌다 해도 그들을 쫓아가 쉽게 찾아올 수 있었다. 그러나 그때 그 어두운 들판에서 칠흑처럼 새카맣고 쥐도 새도 모르게 사라져버린 프린스를 어디에서 어떻게 찾아야 할지 몰랐다.

매일 밤 문 앞에서 축축하고 어두운 곳을 응시하고 있노라면 슬픔과 그리움과 그 장소가 주는 음울한 중압감이 더 심해졌다. 아이들과 독일인 하녀와 나는 소름 끼치도록 광활한 푸른 들판 사이에 놓인 그 고독한 집의 벽돌 안에서 똑같은 슬픔과 고통을 느꼈다.

그곳에 살았던 사람들이 불행했을 수도 있겠다는 생각이 들었다. 만약 그렇다면 우리는 전통을 잘 이어가고 있는 셈이었다. 그리고 그해 가을 언제나 우리 주위를 감싸돌던 짙은 안개 사이로 망토를 입은 방문객들이 매일 오후 찾아오기 시작했다.

그러나 가을이 영원히 계속되지는 않는다. 또한 나중에 알게 됐지만 과부 신세도 마찬가지다. 개 역시 오고 간다. 그리고 돌아보기도 전에 왔던 것들이 모두 사라진다. 이런 게 없다면 우리는 어떻게 해야 할지 알 수 없고, 모든 게 쌓여가기만 할 것이다.

적절한 때에 데번셔에서의 시간도 끝이 났다. 아주 묘하게도 그 끝의 원인은 프린스였다. 내가 좋아한 적 없고 나를 좋아하지 않았던 그 불쌍한 개가 몸소 비용을 치른 덕분에 우리는 권태와 무기력에서 놓여나 활기를 되찾았고, 다시 행복할 수 있다는 가능성을 되찾게 되었다. 프린스가 양들을 쫓는 바람에 결국 우리는 부드럽고 움푹 꺼진 데번셔에서, 그리고 방문객들이 오고 가는 안개 장막에서 스위스의 냉엄하지만 찬란한 고독으로 끌어올려졌다.

양이 거기 없기만 했어도 당연히 쫓기지 않았을 것이다. 그러나 1년 정도 검은 옷을 입었고 그 뒤로도 6개월간 예의를 차리기 위해 회색이나 튀지 않는 색 옷을 입고 지내던 어느 날, 내게 스며 있던 관성이 걷히기 시작하면서 내 방 창문을 통해 미나리아재비가 가득한 모퉁이 말고 전체가 텅 빈 들판이 내다보였다. 5월이었고 활기가 솟았다.

나는 문득 사업을 해봐도 좋지 않을까 하는 생각을 했다. '이곳을 농부에게 빌려줘서 돈을 벌어보면 어떨까?'

나는 그렇게 했고, 농부는 들판을 양들로 채웠다. 그런데 프린스가 양들을 쫓기 시작했다. 농부는 분개했고, 나는 농부에게 사과하고 나서 프린스를 으르고 협박하는 게 일상이 되었다. 그러나 악마 같은 개가 양을 뒤쫓는 데 그치지 않고 죽이기까지 하자 사과도 더는 소용이 없었고,

이러다간 내가 재판을 받아 처벌받을 수도 있겠다는 생각이 들었다.

독일에서 상당한 기간을 보낸 사람들과 독일에서 태어난 사람들은 하나같이 법을 굉장히 무서워한다. 그들은 주의를 끌지 않고, 남의 눈에 띄지 않으며, 말하자면 탁자 아래로 제때 기어 들어갈 생각밖에 없다. 따라서 비록 영국 법이라 다소 가벼울 수는 있겠지만 내가 법에 저촉되는 짓을 하고 있을지도 모른다는 생각을 하자 떨리기 시작했고, 독일 태생인 아이들은 더 심하게 떨었으며, 독일 태생에다 가장 보호받기 어려운 하층 출신인 하녀 엘자는 가장 심하게 떨었다.

과연 고아들의 유일한 보호자인 과부가 자신이 한 번도 좋아해본 적 없는 개 때문에 휘말리기에는 너무 어처구니없는 상황이었다. 처음부터 나는 덜덜 떨면서 초라하고 약한 모습을 보였지만, 양이 물어뜯기는 장면까지 목격하고 나니 더는 용기가 나지 않았다.

치안판사 앞에 끌려가서도 나는 계속 초라한 인상을 주었다. 그가 여러 번이나 차를 마시러 왔던 터라 미숙한 나는 그걸 연결 고리로 생각해 내 차례가 되자 안심하고 이런저런 얘기를 하기 시작한 것이다.

그러나 즉시 나는 입을 다물어야 했다. 내 귀를 의심했다. 차를 여러 번 마시러 온 남자가 내게 입을 다물라고 하는 게 믿기지 않았다. 그가 내게 벌금을 물릴 때는 귀족으로서 반기를 들고 싶은 마음뿐이었다. 불과 한 주 전에 내 응접실에서 케이크를 두고 마주 앉아 있던 바로 그 남자가 왜 저러는지 분개했다. 그 와중에도 나는 그가 컵에 늘 각설탕 세 개를 넣었던 게 기억났다. 이제 그는 두 번 다시 내게서 케이크를 먹자는 초대를 받지 못할 것이다. 다시는 내 각설탕을 그에게 아낌없이 제공하지 않을 것이다. 그는 내 집에서 차를 마실 기회를 박탈당했다.

그렇지만 프린스가 경찰에 인계되어 총살형을 당하게 되었다는 소리를 듣고는 또다시 초라해질 수밖에 없었다. 이 끔찍한 선고를 듣자마자 나는 공포로 숨을 헐떡거리다 토하고 말았다. 그때 그곳, 모두의 앞에서, 내가 프린스를 한 번도 진정으로 좋아한 적이 없음에도 불구하고 집에 일단 데려가지만 저녁을 먹지 못하게 해야 하고, 죽을 자리로 데려가야 한다는 그 모든 사실에…….

치안판사는 아무 일도 일어나지 않은 것처럼 온몸이 찢기고 머리에 경련이 일어나는 듯한 나를 무시한 채 훨씬 높고 먼 어딘가를 보며 말했다. "다음 사건!"

제2장

아홉 번째 개

코코

이 일이 있고 난 뒤로 나는 그 집에서 더 이상 머무르고 싶지 않았다. 우리가 그곳에 도착한 뒤로 나는 단 한 번도 진정으로 행복한 적이 없었고, 프린스의 마지막으로 인해 우리 모두 환기를 하고 싶어 한다는 게 확실해졌다.

그래서 분위기를 바꿨다. 과부들은 움직임이 용이했고, 남편 있는 아내들은 알지 못하는 방식으로 살 곳을 선택해서 분위기를 바꿀 수 있다. 집이 아직 내 수중에 있었지만 우리는 무작정 떠났다. 헌 집이 처리되기 전에는 어떤 남편도 새집 짓는 데 동의하지 않을 게 뻔한데, 남편이 없는 나는 그걸 할 생각이었다. 가난하면 쉽사리 하기 힘든 일이었고, 우리는 매우 가난하거나 그렇다고 생각했다. 그러나 누군가가 집을 사러 오리라 하늘에 운을 맡긴 채 떠났다. 그리고 아니나 다를까 우리가 떠나자마자 누군가가 집을 샀다. 이처럼 행운은 무모한 자의 발걸음을 따라다닌다.

이게 자서전이라면 내가 얼마나 무모한 짓을 계속했는지 상세하게 묘사할 것이다. 가령 예쁜 것 말고는 길도 없고, 물도 없고, 집짓기에 필요한 건 아무것도 없어서 사용 불가 판정을 받은 땅을 스위스에서 샀고, 산 가격의 절반을 받고 판 사람에게 그 땅을 다시 넘겼고, 길 가다 만난 우편배달부가 지나가는 말로 추천해준 건축가를 고용했고, 어떤 분야에 대해서는 난생처음으로 자유를 알게 된 사람처럼 전혀 책임감을 느끼지 않고 멋대로 행동했다. 그러나 이 책에서는 내 개들에 관해 이야기해야 한다. 그러므로 수많은 역경과 기쁨과 공포, 나중에는 결국 행복한 집이라 판명 났지만 그 집을 짓느라 보낸 1년 동안 자신감과 침울함이 교차했던 이야기는 그만하고 바로 코코 얘기로 넘어가겠다.

코코가 내 다음 개였다. 코코는 스위스 태생이어서 우리가 정착한 곳에 익숙했고, 고도에 알맞고 추위에 잘 견딜 수 있게 털이 두꺼웠다. 갈색에 은빛이 섞인 구불구불하고 아름다운 털은 어떤 영화배우라도 부러워할 만큼 멋졌다. 코코는 어느 날 우리를 돌보는 본연의 임무(우리는 완전히 외딴곳에서 살았고, 대부분 여자여서)를 수행하기 위해 길 위로 올라왔다. 나는 창가에 서서 코코가 너무나 당당하고 위엄 있고 침착하고 아름다운 모습으로 소작농과 함께 걸어오는 걸 보고 바로 그를 맞으러 뛰어나갔다. 그 순간부터 코코는 목숨이 다하는 날까지 내 '껌딱지'였다.

지금 나와 함께 살고 있는 개들을 제외하면 코코만큼 사랑한 개는 없었다. 코코에게 우스꽝스러운 점이 있다면 어울리지 않는 그 이름뿐이었다. 코코는 매우 영리해서 함께 있으면 기분이 좋았다. 그 외에도 헌신적이고 사랑스럽고 무비판적이어서 즐거운 동반자 역할을 톡톡히 했다. 코코는 외모가 멋진 만큼 물건을 조심해서 옮겼고, 작은 카트를 끌었으며, 매일 아침 우유를 가져와서 한 방울도 흘리지 않고 도로 가져다놓을 수 있도록 훈련받은 쓸모 있는 개였다. 또 일주일에 두 번 관리인과 함께 산을 넘어 가장 가까운 마을로 가서 우리의 식량과 자기가 먹을 음식을 가져왔다. 코코는 자기가 저녁으로 먹을 날고기 자루를 입으로 옮기는 동안 아무리 배가 고파도 집에 있는 요리사에게 재료를 가져다줘서 접시에 제대로 된 메뉴로 제공받을 때까지는 아무것도 꿈꾸지 않았다. 실제로 코코의 완벽한 태도를 보면 늘 자기가 입고 있는 의복의

웅장함과 겉으로 보이는 눈부신 화려함에 걸맞게 살아야 한다는 사실을 알고 있는 귀족 같았다. 그리고 코코는 내가 자기를 얼마나 깊이 사랑하는지 알았다. 코코가 나를 만나기 전에는 그처럼 많은 사랑을 받지 못했던 것 같은데, 그 점도 코코의 겸손하고 버젓한 자신감에 크게 한몫한 듯했다.

위 사진은 코코가 우리 집에 온 날 현관에서 나와 함께 찍은 것이다. 이어지는 사진은 다음 해 여름에 찍은 것인

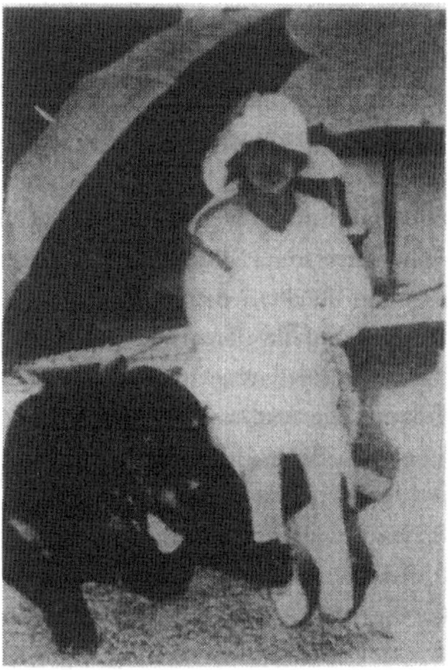

데 그때쯤 코코는 내가 앉을 때마다 내 발치에 누워 보호하려는 듯 내 발목 위에 자기 발을 얹는 습관이 있었다. 이 사진이 그 자세를 취한 것이다.

"저 녀석은 말만 못 하는 사람 같아요." 관리인이 말했다. 그 역시 코코를 사랑했다.

음, 나는 영리하고 헌신적인 개와 함께 사는 사람이 외로울 수 있다는 걸 상상할 수 없다. 방학이 끝나고 아이들이 학교로 돌아갔을 때 나는 아무도 찾지 않는 그곳에서 외로울까봐 걱정했다. 그게 산에 우리 둥지를 틀 때 내가 가졌던 유일한 걱정이고 의문이었다. 아이들에게 그 집은 친구들을 데려와 겨울에는 스키를 타고 여름에는 산을 오를 수 있는 별장이었고, 내게는 이미 우리의 주요한 생계 수단이 된 소설을 쓰게 될 공간이었다. 딱 그렇게 쓸 작정이었다. 그러나 첫 번째 방학이 끝나갈 무렵 나는 과연 앞으로 어떻게 될지 알 수가 없었다. 9월 말이 되어, 기차가 아스라이 멀어지는 것을 본 뒤 집으로 돌아오는 구불구불하고 끝없는 길을 나 혼자 세 시간이나 운전해 올 때도 의심이 가시지 않았다. 나는 끊임없이 사람들과 함께 살았고, 데번셔에서는 수많은 티 파티를 했으며, 포메라니아에서는 북적거리며 살았다. 그리고 그 전에는 항상 나의 마드무아젤이 있었고, 그 전에는 훌러런이라는 이름의 미스터리한 유모가 있었다. 이런 생활을 했던 내가 과연 침묵과 공허를 견딜 수 있을지, 날씨와 푸딩 종류를 제외하면 매일 아무 변화도 없는 곳에서 과연 즐거울 수 있을지 걱정이 됐다.

그러나 코코를 잊고 있었다. 길이 마을로 굽어지는 지점에서 마차를 내려 마지막 걸음을 옮기려는 순간, 코코와 관리인이 혹시 내가 물건을 가져왔으면 옮길 준비를 하고서 나를 기다리고 있는 게 보였다. 나는 그 사랑스러운 개와 가을 크로커스의 반투명한 꽃잎 사이로 지는 해가 비껴드는 것을 보면서 안심하고 흡족하게 들판을 걸어갔다.

그곳의 10월은 믿을 수 없을 정도로 아름다웠다. 날씨는 10월 말까지 완벽했다. 발아래 있는 거대한 계곡은 옅은 안개 속에서 춤췄고, 위쪽의 찬란한 초록 등성이는 벚나무로 빛났으며, 스위스의 으뜸가는 자랑거리인 몽블랑 뒤로 바이스호른•이 내 침실 창문 맞은편에 눈부시고 장엄하게 솟아 있었다.

나에게는 평온한 일상이 찾아왔다. 조용한 아침에는 행동이 얌전한 개 외에 아무도 없어서 방해받지 않고 일할 수 있었고, 입 안 가득 음식을 머금고 심플론 고개를 비롯한 광활한 풍경을 내다보며 포치에서 식사를 즐겼고, 오후에는 코코와 함께 긴 산책을 하러 갔으며(아이들은 코코를 보고 '곰이다, 곰이야!' 하며 탄성을 지르곤 했다), 저녁에는 벽난로 앞에서 책을 읽었고, 코코는 양탄자 끝이 밀리

• 알프스 산맥의 일부.

는 것도 아랑곳하지 않고 몸을 길게 뉘었다. 코코를 재우기 전에 마지막으로 테라스에 나갔다. 불 밝힌 방에서 별들이 밝게 반짝이는 광활하고 놀라운 밤의 세계로 나오면 눈 덮인 산맥 사이로 우리 작은 집이 천국으로 가는 길 중간에 속눈썹처럼 매달려 있는 게 보였고, 저 멀리 계곡 너머 작은 마을에서 비치는 불빛들은 마치 물속에 있는 것처럼 너울거렸다.

코코와 나는 매일 밤 잠들기 전에 이 장엄한 풍경 속으로 걸어 나가 잠시 명상의 시간을 가졌다. 적어도 나는 명상했고, 코코는 궁둥이를 바닥에 대고 앉아 나를 바라보았다. '명상'이 제대로 된 표현인지 모르겠지만, 적어도 매일 밤 깨어 있는 마지막 순간에 내가 보낸 상태를 설명하기에는 적확한 것 같다. 관리인과 그의 아내와 하녀는 잠든 지 오래였고, 그 차원 높은 고요와 밝혀지지 않은 순수함 속에서 코코와 나는 온 세상을 독차지한 듯한 기분이었다.

경이와 축복의 순간들이었다. 외로울까봐 두려워했던 나였는데. 외롭다니! 이곳에서 처음으로 완전한 고독을 느꼈다. 나는 외로움이라 불리는 감정을 어쩌면 최고로 사랑한 것이 아닐까 의심하기 시작했다. 이때가 내 인생에서 가장 행복한 몇 주이리라는 생각이 들었다. 이전에도 자주 행복한 순간을 경험했고(비록 연속적이지는 않았지만, 끊임없이 행복한 사람이 과연 있기나 할까), 찬란한 순간도 오래 지속되었으며 여러 번 있었다. 그렇지만 이번에 느낀 행복은 그동안 경험한 것들과는 달랐다. 워즈워스•의 표현처럼 훨씬 더 깊이 뒤얽힌 느낌이었다. 그 복잡해서 설명이 불가능한 마음 상태를 워즈워스만큼 잘 표현해낸 사람은 없다.

눈이 올 때까지 나는 매일 밤 잠들기 전 명상에 잠겼고, 무엇인지는 잘 모르지만 보편적이고 영원한 것과 융합된 상태로 시간을 보냈다. 눈은 갑작스럽게 내렸다. 처음에는 위협적이기만 했는데 곧 눈 폭탄으로 변했다. 이제 우리는 눈 덮인 창문을 통해 바깥에서 일어나는 광풍을 보게 될 것이고, 이제 여기에서 고독을 얼마나 잘 견딜 수 있는지 알게 될 터였다.

처음으로 때 이른 눈보라가 몰아쳐서 갑자기 집 안이 어두워지고 완전히 고립되는 불편하고 놀라운 상황을 맞았을 때도 나는 만족했다. 무엇보다 코코가 그때 벌어진

● 영국의 낭만주의 시인 윌리엄 워즈워스(1770~1850).

상황을 즐기고 있었다. 코코는 이미 그런 날씨에 익숙해했다. 코코가 아름답고 두꺼운 털을 가지게 된 이유가 바로 거기에 있었던 것이다. 관리인과 그의 아내, 그리고 하녀 역시 우리가 감금된 상황을 당연하게 여겼다.

"겨울이 오고 있어요." 그들이 내게 알려주었다. 그러나 곧 좋은 날씨에 접어들 거라고도 덧붙였다.

감히 말하건대, 얼마 후 밤낮없이 온 우주가 포효하는 것 같았을 때 코코가 없었다면 나는 그 어둡고 시끄러운 고독에 괴로워했을 것이다. 가끔 최악의 폭풍우가 몰아치는 동안 불 옆에 쭈그리고 앉아 지붕이 얼마나 오래 악천후를 견딜 수 있을지 걱정할 때도 코코의 머리에 손을 얹고 내 발에 코코의 부드러운 발이 놓이면 비로소 용기가 생겼다. 코코가 없었다면 폭풍우가 계속되는 몇 주 동안 그 상황을 견디기 위해 온갖 용기를 다 짜내야 했을 것이다. 그러므로 나는 남자든 여자든 상관없이 오래 혼자 있어서 용기가 잘 나지 않는 사람에게, 이야기할 대상이 없어서 밤만 되면 겁이 나는 사람에게, 불을 끄고 쓸쓸한 침실로 혼자 들어가기 싫은 사람에게, 애정은 넘쳐흐르는데 애정을 쏟아부을 대상이 없는 사람에게, 오래 사랑받았지만 무슨 이유에서인지 지금은 그렇지 않은 사람 모두에게 해러즈•에 가서 개를 구해 오라고 권하고 싶다. 그곳에는 사람의 기운을 북돋아주고 보호해주고 싶어 안달하는 친구들이 줄을 서서 당신을 기다리고 있을 것이다. 그 친구들은 실컷 베풀고도 보답으로 아무것도 요구하지 않고, 무슨 일이 생겨도 불평하지 않고, 화를 내지 않고, 판단하지 않을 것이다. 그리고 자신들에게 어떠한 죄를 저질러도 대수롭지 않게 여기며 즉각적이고 기꺼운 마음으로 용서해줄 것이다. 실로 성자라 할 만하다. 그것도 활기찬 성자다. 또한 인간 성자들만큼 셀 수 없이 많고, 높이 평가받을 가치가 있다. 훌륭한 개보다 더 완벽한 성자는 아마 발견하기 어려울 것이다.

일전에 시를 하나 발견했는데 이 시는 내게 큰 기쁨을 주었다. 거기에 이런 구절이 있다.

> 나는 좋은 개들에게 내 잔을 들어 올립니다.
> 수상 경력이 있는 특별한 품종이 아닌
> 지극히 평범하고, 족보 없는 훌륭한 개들에게……
> 그들의 꼬리 흔드는 모습과 솔직한 눈빛에,

● 런던의 고급 백화점.

용기와 알 수 없는 충성심에,
그 가치가 알려지거나 찬양받지 않아도
나는 변함없이 그들에게 건배합니다.•

어느 날 잠에서 깨보니 날씨가 다시 화창해져 있었다. 더할 나위 없이 맑았는데 이전의 어떤 날과도 달랐다.

이 꽁꽁 언 눈의 세계에서는 햇볕을 쬘 공간이 없었다. 코코와 나는 들락날락하다가 집 처마를 따라 매일 몸집을 불려가며 창끝처럼 매달린 고드름 아래에서 걸음을 멈췄다. 높이 쌓인 눈 더미 위로 하늘에서 빛이 내리비쳤고, 쌓인 눈에 빛이 반사되어 선글라스를 껴야 했다. 눈에 덮여 길이 보이지 않았고, 관리인은 스키를 타고 생필품을 사러 가서 없었다. 이제 짧은 오후 동안 나는 코코와 산책을 하는 대신 썰매를 탔고, 기쁨에 겨운 코코는 내 옆에서 눈가루를 일으키며 펄쩍펄쩍 뛰었다. 이제 스커트는 입고 있기 힘들어 벗어야 했고, 하녀조차 외출할 때 무릎 바로 아래에서 끈을 여미는 반바지를 입었다. 이제 우리는 사

• 미국의 시인이자 작가인 스트리클런드 질릴런(1869~1954)의 시 〈훌륭한 개〉의 일부.

는 게 너무 신나서 서로의 눈만 봐도 환하게 웃었다. 그리고 뭔가를 먹는 단순한 행동이 세상에서 가장 기쁘고 중요한 일이 되었다.

잠시 우리는 건강했고, 그래서 행복했으며, 아마 현명하기까지 했던 것 같다. 태양은 우리의 투명하고 조화로운 몸을 관통해 쏟아지는 듯했다. 얇고 깨끗한 공기 덕분에 날개라도 달린 듯 몸이 가벼웠다. 실내에서 우리는 노래했고, 문밖에서는 썰매와 루지를 타고 공간 이동을 했다. 하녀도 노래했고 썰매를 지쳤다. 더 뜻밖이었던 것은 늘 진중한 표정인 관리인과 그의 살찐 아내조차 이런 분위기를 즐긴다는 점이었다. 처음에 살찐 아내가 스키 타는 장면을 보고 나는 아슬아슬해서 몸을 떨었다. 그녀를 태우기에는 스키가 너무 약해 보였다. 그러나 그녀는 크고 살찌고 버거운 몸에도 누구 못지않게 확신에 차서 숙련된 새처럼 눈 위로 사라졌다.

"부디 아이들이 와서 함께할 수 있게 크리스마스 휴일 내내 이랬으면 좋겠어." 나는 혼잣말했고, 혼잣말은 어느새 기도로 바뀌어 있었다.

다행히 그런 날씨가 오래 계속되었고 아이들도 그 환경을 공유할 수 있었다. 그때 한 가지만 없었다면 살면서 가장 멋진 크리스마스를 보냈을 텐데, 아쉽다.

그 한 가지는 바로 손님이었다.

손님이 와서 좋을 수 있고, 자주 기쁘기도 하지만, 절대 그들이 우위를 점하게 해서는 안 된다. 지금부터 3월에 날씨가 풀려 손님들이 더는 오고 가지 않을 때까지(손님이 가는 건 괜찮지만 오는 게 늘 문제였다) 그들은 나를 지배했다. 이제부터 손님들 얘기를 할 텐데, 내가 개에 관한 글을 쓰고 있다는 사실을 잊어버리고 자서전을 쓰듯 하려는 건 아니다. 이 책에 그들이 등장해야 하는 이유는 바로 손님들에게 코코가 보인 태도 때문이다. 코코에 관해서 써야 한다면 반드시 손님들을 언급해야 한다. 이게 아니라면 다른 많은 것과 마찬가지로 이 부분도 그냥 지나쳤을 것이다.

우선 그들이 어떻게 내 평화로운 작은 집에 들어오게 되었는지부터 말해야겠다.

나는 아이가 다섯이고, 아이들은 크리스마스 휴일에 각자 친구 두 명씩을 초대하기로 되어 있었다. 처음 내가 열정적으로 집을 짓기 시작했을 때 그런 약속을 했고, 집이 완성된 뒤에도 그 약속을 지키겠다는 생각에는 변함이 없었다. 그러나 이건 아이 한 명당 친구 둘씩을 초대하면 열 명이고, 내 아이 다섯까지 더하면 총 아이 열다섯 명이 나와 함께 지내게 된다는 말이었다. 너무 많지 않을까 걱정이 되기 시작했다.

휴일이 다가오자 마음속에서 불안이 스멀스멀 살아 움직였다. 애초에 아이들이 휴일에 친구들을 데려오게 할 요량으로 집을 지었기 때문에 공간이 충분치 않을까봐 불안하지는 않았다. 내가 두려워한 것은 유일한 어른으로서 감당해야 할 아이들의 숫자였다.

점점 더 우려가 커졌다. 아이들이 분위기에 취해 지나치게 흥분해버리면 어쩌지? 열다섯이나 되는 아이들이 들떠서 날뛰는데 어른이 나뿐이라면. 그래서 디데이가 임박해 침대 열다섯 개가 준비되고 머랭크림 육십 그릇이 포함된 첫 번째 식사가 주문되자, 나는 겁이 나서 전보로 내 손님을 초대했다. 나를 지원해주고 아이들 손님과 균형을 맞춰줄 어른이 필요했다.

내가 그를 선택한 이유는 그가 토머스 하디의 〈어둠 속의 지빠귀〉•에 나올 법한 노쇠하고 수척하고 작은 노인으로, 내 친구 중에서 가장 안정적인 습관을 지니고 있었기 때문이다. 나는 그가 있어주는 것만으로도 고함을 지르고 서로 밀고 당기는 어린 훌리건들이 안정을 찾으리라 기대했다. 때마침 그가 도착했다. 그리고 몇 시간도 안 돼 그의 버릇이 불안정해졌다. 도착할 때부터 이미 그는 평지에 있을 때의 그가 아니었다. 훨씬 젊어 보였다.

이것이 그 집과 주변 환경과 강한 공기의 효과 때문이었다는 사실을 나중에 알게 되었다. 사람들은 세파에 시달리고 경직된 상태로 우리 집에 와서는 불과 며칠 만에 자기들이 좋지 않은 일을 겪었거나 류머티즘으로 고생하고 있다는 사실을 잊고 믿기지 않을 정도로 활기차게 행동했다. 고도와 공기와 광채가 이런 이상한 결과를 낳은 것이다. 나중에 그 작은 나무집은 감정의 소용돌이에 빠진 공간이 되었다. 그 안에서는 모든 것이 과장됐고 누군가는 감정이 격해졌다. 눈물도 방울이 아니라 홍수가 날 정도로 흘렸고, 감탄을 해도 지나칠 정도였으며, 쉽게 헌신하기로 결정했고, 과장도 심심찮게 일어났다. 반면에 싫어하거나 증오하는 감정도 매우 격렬했다.

나는 그게 우리 모두가 너무 원기 왕성했기 때문이라고

● 영국의 소설가이자 시인인 토머스 하디(1840~1928)의 시로, 황량한 겨울 풍경을 묘사했다.

생각한다. 그리고 감히 말하건대 노아의 방주가 아라라트 산● 꼭대기에 갇힌 것처럼 세상과 철저하게 단절된 채 서로에게 던져진 상황도 감정의 과잉과 어느 정도 관련이 있는 것 같다. 어쨌든 손님들은 그들이 손쉽게 발견한 무언가에 무비판적으로 집중했고 그걸 최대한 열정적으로 활용함으로써 전혀 다른 생명체가 되었다.

예를 들어 소문난 착실함 덕분에 내 첫 손님으로 초대된 남자는 이틀째부터 이미 활력이 넘쳤다. 이러한 징후는 아침 식사 때 그가 격렬하게 손을 비비더니 가까이 앉은 아이 몇몇의 등을 세게 내리치는 것으로 처음 드러났다. 나는 그가 본성과 어울리지 않는 행동을 하는 것을 보고 놀라움을 금치 못했다.

아이들이 왁자지껄 떠들어가며 방에서 나가고 난 뒤 그와 나는 크루아상과 커피포트를 사이에 두고 단둘이 마주 앉았다. 그가 그때껏 한 번도 들어본 적 없는 쾌활하고 자신감 넘치고 확신에 찬 어조로 내가 소설 쓰는 것을 도와주는 사람이 누구인지 말해달라고 했다.

이 말 때문에 나는 그가 싫어졌다. 그리고 다음 한 말

● 튀르키예 동쪽, 이란과 아르메니아 국경 근처의 산.

때문에 그가 더욱 멀게 느껴졌다. 그가 내게 어떤 소설을 쓰고 있는지 물었고, 평지에서는 그가 아주 깐깐한 원칙주의자 같았기에 나는 아주 조심스럽게 간통에 관해 쓰고 있다고 대답했다. 그러자 그가 놀랍도록 솔직한 반응을 보였다. "세상에서 가장 멋진 스포츠지, 암!"

나는 충격에 휩싸인 채 자문했다. 고아들의 유일한 수호자이자 과부인 내가 어쩌다 이런 종류의 손님과 얽히게 되었을까.

그러나 더 좋지 않은 상황이 남아 있었다. 그는 나를 도와 천둥벌거숭이 같은 아이들을 통제하기는커녕 아이들에게는 관심도 보이지 않았다. 대신 우려했던 대로 내게 집중하기 시작했다. 손님이기를 포기하고 구혼자로 돌변했던 것이다.

이런 주제는 민감해서, 그를 부추긴 게 코코가 아니었다면 이 문제를 아예 언급조차 하지 않았을 것이다. 물론 코코 때문만은 아니었을 수 있다. 높은 고도가 그의 머리를 어지럽혔을 것이고, 주위에 아이들만 있지 어른이 한 명도 없었다는 사실도 원인이 되었을 것이다. 사람의 감정은 우연과 기회의 놀음이다. 남자는 아주 하찮은 행동이나 사소한 사건, 때로는 그저 장소나 날씨 때문에 어떤 사람을 좋아한다고 생각하게 된다. 더구나 주위에 우연과 기회가 있었고, 장소와 날씨까지 더할 수 없이 좋아서 그는 구애로밖에 볼 수 없는 짓을 하기 시작했다. 나는 그의 회춘이 조금도 기특하지 않아서 가능한 한 그를 피해 다니기 시작했다. 반면에 코코는 이빨을 드러내며 으르렁거리는 대신 그의 행동을 크게 반겼다.

나는 코코를 이해할 수 없었다. 구혼자들에게 보이는 코코의 태도가 전혀 납득이 가지 않았다. 당시 구혼자가 한두 명 더 있었는데 그들의 조건이 내게 조금도 적합하지 않았고, 코코가 그걸 본능적으로 모를 리 없었다. 그런데도 코코는 그들 모두를 열정적으로 환영했다. 어떻게 코코는 구혼자가 눈에 들어오는 즉시 다른 남자들 틈에서 그를 가려내 다른 이들한테는 눈길도 주지 않고 그에게만 즉각적인 관심과 격려를 보낼 수 있는지 기이했다. 내게 마음을 두는 사람이 존재한다는 사실을 내가 알기 한참 전에, 심지어 구혼자 자신도 알아채기 전에 코코는 이미 그에게 애정 공세를 퍼부었다. 결국 나는 코코의 꼬리가 과하게 흔들리기 시작하는 걸 보기만 해도 긴장되었다.

다시 내 첫 구혼자로 돌아가자면, 어쨌든 그는 내 크리스마스 휴일을 망쳐놓았다. 원하는 구애를 받지 못하거나 원치 않는 구애를 받는 것만큼 당황스러운 일은 없다. 나는 그를 피하고, 그가 내게 집중하지 못하게 간계를 짜고, 가까이 오지 못하게 하느라 귀한 시간을 다 써버렸다. 이런 상황은 코코 때문에 더 어려워졌다. 코코는 그와 내가 내 침실에서 아무 일 없이 앉아 있거나 예상하지 못한 곳에서 사라져 보이지 않을 때마다 안절부절못했고, 마침내는 낑낑거리기 시작했다. 코코는 우리 두 사람에게서 벗어나고 싶지 않은 모양이었다. 반드시 셋이서 함께 놀아야 한다고 생각하는 것 같았다. 코코는 셋이 함께 있고 싶어 안달했고, 손님은 둘만 따로 있고 싶어 전전긍긍했으며, 나는 매우 실망스러운 시간을 보냈다.

그가 떠나간 아름다운 아침, 의미심장한 독일어 구절처럼 '미완에 그친 채' 그가 떠나버린 아름답고 행복한 아침에 드디어 나는 다시 즐거운 마음으로 주변에 있는 신의 창조물들을 바라볼 수 있었다. 정말 오랫동안 자연을 감상할 여유가 없었다. 상당히 오랫동안 감정의 교류 없이 헤맨 것 같았다. 둘 다 궁극적으로는 별 차이가 없을지 모르지만, 내 생각엔 감정의 교류 없이 헤매는 게 서로 교류하며 지내는 것보다 훨씬 나쁘고 견디기 힘들다. 때맞춰 그의 열정이 사라진 덕분에 나는 다시 평화로운 기분으로 테라스에 설 수 있었다. 빛으로 가득한 넓은 계곡과 빛의 고리가 주위를 에워싸는 바이스호른, 로트호른, 심플론 고개는 최고로 아름다웠다. 공기 중에는 새로운 신선함과 새삼스러운 순수함이 어렸다. 에덴의 첫 아침이 이럴 것 같았다. 너무나 아름답고 깨끗했다. 내 뒤로는 집 창문이 모두 열려 있었고, 하녀는 창가에서 방금 떠난 그의 침구를 탈탈 털어 청소하며 신나게 노래를 불렀다. 주방에서 끓이는 소풍용 스튜에서 맛있는 냄새가 풍겨왔고(그는 소풍 따위를 좋아하지 않았다), 음식이 준비되면 이제 본연의 모습을 회복한 코코가 나를 도와 스튜가 가득 든 양동이를 양지바른 곳으로 옮겨줄 것이다.

사랑하는 아이들. 소중한 개. 귀한 자유. 멋진 세상.

내 첫 손님이 떠나고 나는 이것들이 내게 얼마나 소중한지 새삼 깨달았다.

그러나 나는 내가 무례했다고 생각하고 싶지는 않다. 내 본능이 온통 환대에 맞춰져 있었다고 믿고 싶다. 분명 그가 있는 동안 나는 신경 써서 저녁 식사를 주문했고, 부지런히 내 와인을 실어 날랐으며, 와인이 떨어지면 레모네이드라도 꾸준히 대접했다. 일이 끝나자 대체로 안도감이 느껴졌다. 손님들이 있을 때도 즐거웠지만 이제 카펫이 정갈하게 깔린 정상 상태로 돌아가 쉬는 것도 좋았다. 구혼자가 떠났을 때는 특히 후련했다. 구혼자들은 결국 부담스러울 수밖에 없으니까. 비록 무심하고 무난한 사람이어도 일단 옆에 있으면 사소한 것이라도 더 신경을 써 주어야 한다. 그러려면 노력이 필요하고 노력에는 시간이 들게 마련이다.

나는 노력이 아까웠다. 시간이 아까웠다. 그리고 매일 밤 잠자리에 들 때 그들을 대접하기 위해 내가 들인 노력이 최선이었기를 바랐던 게 아까웠다. 그러나 이미 노력은 기울였고, 시간도 썼으며, 수치스러운 아픔도 겪었다. 왜 새삼 이런 생각이 드는지 의아했다.

다행히도 나는 자서전을 쓰는 게 아니므로 이 부분에 관해서도 자세히 쓰지는 않겠다.

이제 휴일은 끝났고 다시 코코와 나 단둘만 남았다. 나는 한 번 더 열정적으로 삶을 시작했고, 코코에게도 열정 비슷한 것이 엿보였다.

내가 '열정 비슷한 것'이라고 말한 이유는 코코만큼 내 사랑을 독차지하고 있다는 걸 잘 알고 기뻐하는 개가 없는데도, 그 뒤로 코코가 지난 손님이 묵었던 방 앞에서 코를 킁킁대다가 나한테 자주 걸렸기 때문이다. 코코는 슬픈 심정으로 손님의 흔적을 되짚었다. 그러다 내가 부르면 마지못해 그곳을 벗어나 내게 돌아왔다.

그 남자에게 내가 좋아할 만한 어떤 특별한 점이 있었기에 코코가 그런 식으로 행동하는지 궁금했다. 개는 항상 뭐든 잘 안다고들 하고, 나도 대체로 그렇다고 믿기에 혹시 내가 좋은 남편감을 놓친 걸지도 모른다는 불쾌한 의심도 해보았다. 그러나 더 많은 손님이 왔을 때도 코코가 순식간에 그들 틈에 들어가 관심을 집중하는 걸 보고는 개가 본능적으로 뭔가를 안다는 말은 사실이 아닐 수 있다고 생각했다. 내가 좋아하는 자질을 모두가 갖고 있을 수는 없지 않은가. 개들도 어이없는 실수를 했다. 손님들이 구애나 구혼을 하는 이유는 그저 그곳이 지대가 높고, 다른 사람들과 떨어져 고립돼 있기 때문일 것이다.

그가 가고 난 뒤에 우리 집에 새 손님들이 왔다. 그들은 내가 거절을 못 해서, 적어도 정확하고 중요한 순간에 재빨리 거절하지 못해서 오게 된 것이라 할 수 있다. 시간을 두고 대답할 수 있었다면 거절할 수도 있었을 텐데, 전화 통화로는 어떤 것도 거절하지 못하고 다 동의해버린다.

그들은 내게 전화를 했고, 그 결과 바로 손님이 되어버렸다. 직전 손님이었던 남자가 우리 집을 떠나자마자 제네바에 갔을 때 만난 사람이 손님으로 왔다. 호숫가의 평지인 제네바에서 그 남자는 내가 있는 산지에서 겪은 자극적인 경험을 회복하고 이제 사물의 경중을 제대로 보고 있는 모양이었다.

그 남자는 이제 제대로 된 균형 감각을 되찾아 원래대로 돌아갔고, 감사의 뜻으로 내 집과 그 안에 있는 모든 것을 최대한 높이 칭송했다. 남자는(런던에서 가끔 만난 사람을 친구라 부를 수 있다면) 내 친구들 앞에서 나를 완벽한 집주인이라고 추켜세웠다. 우리 집을 두고는 매혹적이고 사람을 헷갈리게 하는 살가운 개도 있고, 기이한 하인들도 있으며, 음식도 상당히 맛있어서 지치거나 나이가 들어 힘든 사람이 가서 쉬기에 최적의 장소라고 입에 침이 마르도록 칭찬했다.

전화기 반대편에서 들려주는 찬사를 나는 넋 놓고 들었다. 전화로는 그들이 어떤 사람인지 분석해낼 수 없었다. 나중에 찬찬히 생각해보니 그들을 의심하지 않을 수 없었다. 예를 들어 음식이나 오해를 불러일으키는 개에 관한 부분이 그랬다. 그 사람은 내가 처음 생각했던 것처럼 오직 복수심에 불타서 은혜를 원수로 갚아 나를 후회하게 하려는 것과는 거리가 멀었나? 내게 손님 네 명을 보낸 것은 분명 복수 같아 보였는데 말이다.

한편 아직 손님은 아니지만 곧 그렇게 될 사람들이 전화로 자기들은 지쳤고, 그중 한 명은 나이를 먹어가고 있다고 설명했을 때 나는 모든 말에 공감했다. 그들은 남은 겨울을 로마에서 보낼 계획인데 우리 집 근처 역에서 내려 잠시 나를 보러 오고 싶다고 했다. 점심을 한 끼 먹거나, 어쩌면 하룻밤 머물며 멋진 주말을 보낼 수도 있겠으나 별 차이는 없었다. 이 제안을 받은 나는 전화로는 싫은 소리를 못 하는 천성대로 어느새 열성적으로 대답하고 있었다. "아, 정말 재밌겠네요!"

그래서 그들은 제네바에서 로마로 가는 도중에 무리 지어 우리 집에 도착했다. 그들이 한꺼번에 도착한 이유는 엄마와 딸, 그리고 아들 둘로 구성된 가족이어서였다. 코코는 보기 민망할 정도로 당장 두 아들에게 달려가 환영을 표했다.

그들은 그 주 주말뿐 아니라 여러 주를 머물렀다. 주변에 있는 산들은 우리에게 고귀하고 문제 될 것 없는 삶의 예를 제시해주었지만, 우리는 그런 데에는 전혀 신경 쓰지 않았다. 내 작은 집은 들끓었다. 전화로 나이를 먹는 게 무섭다고 푸념했던 '엄마'는 도착 즉시 놀라울 정도로 젊어지기 시작했다. 지친 것 같다던 '딸'은 다음 날 아침 식사 때가 되자 기운이 펄펄 되살아났다. 불행히도 나이 많은 여자를 좋아하는(코코는 즉시 이 점을 알아차렸다) 비슷한 나이의 두 '아들'은 주위에 아무도 없다는 것을 알고는 지체 없이 내게 전심전력을 다했다. 내가 물건을 떨어뜨리면 얼른 와서 주워주었고 뭔가를 들고 있으면 쏜살같이 달려와 받아주었다. 비바람이 들지 않는 안전한 장소에서 내게 시를 읽어주기 위해 서로 경쟁했다. 그들은 내 말을 놓치지 않으려 애썼고 내가 입을 열 때마다(심지어 내가 입을 열기도 전에) 감탄사를 연발하며 웃었다. 덕분에 대화는 자주 맥이 끊겼다.

안타깝게도 나이 많은 여자에게는 젊은 남자들이 해롭다. 그런 젊은 남자들은 항상 존재하고, 나이 든 여자들은 위험을 감수해가며 그들의 장단에 맞춰 춤을 춘다. 감히 말하건대 내가 심각하게 받아들였다면 그들도 내게 나쁜 영향을 미쳤을 것이다. 다행히 나는 그 정도로 나이가 많지는 않아서 그들의 헌신이 귀찮기만 했다.

사실 나는 매우 짜증이 났다. 그들은 집에서는 약간 들

뜨는 정도였지만, 150미터 정도 더 높은 산에 올라가자 감정이 폭발했는데 이만저만 성가신 게 아니었다. '엄마'와 '딸'이 언제부턴가 유심히 관찰하는 게 느껴져서 싫었고, 무엇보다 코코가 나와 '아들들'을 엮으려고 노골적으로 노력하는 게 가장 못마땅했다.

코코는 나와 젊은 남자들 사이를 꼬리가 빠지도록 흔들며 뛰어다녔고, 우리의 얼굴을 간절히 올려다보았으며, 우리가 관심을 주지 않으면 우리 각각의 소매를 끌어당겨 함께 있게 해주는 등 난감한 버릇이 생겼다. 그러면 남자들의 엄마는 말하곤 했다. "저 개 참 이상하네. 누가 보면 아주……."

그러나 엄마는 말을 잇지 않았다. 그들이 방문한 지 이 주 차에 들면서 우리의 대화는 수시로 끊겼다.

나는 모든 남녀를 나이에 맞게 잘 짝지어주고 싶었다. 40대는 40대와, 20대는 20대와. 간혹 40대가 다른 40대를 좋아하지 않고 20대들과 어울리고 싶어 한다면, 그들을 위해서라도 그런 의욕은 꺾어야 했고, 마찬가지로 40대와 오랫동안 행복할 수 있다고 믿는 미숙한 20대들의 기세도 꺾어야 했다.

다행히도 당시 우리 집에는 젊음의 사이렌 경고가 필요한 사람이 없었고, 그 결과 모두 함께 꽤 행복할 수 있으리라 생각했다. 그러나 그렇지 않았다. 우리가 너무 건강했기 때문이었던 것 같다. 극도로 건강한 상태는 정신적인 동요를 쉽게 불러온다. 활력이 넘치는 사람은 사랑하거나 싸우거나 둘 중 하나를 하기 쉽다. 우리 집에 온 새 손님들은 가족이었기 때문에 서로 사랑할 수는 없어서 싸우기 시작했고, 처음 며칠 동안 열정적으로 즐기고 난 다음부터는 모두 비슷하게 노는 데 시들해졌다. 두 아들과 나를 어떻게든 엮으려는 코코의 눈물 나는 노력 탓에 우리 사이에는 균열이 심해졌고, 엄마와 딸은 그 균열을 마음에 들어 하지 않았다. 딱히 균열이 없었어도 그다지 좋아했을 것 같진 않지만.

그러나 이런 불만에도 그들은 떠나지 않았다. 외려 더 오래 머무르기로 결정했다. 에너지가 넘치는 사람들은 서로 떨어질 수 없는 사이라면 모든 것을 터놓고 얘기해야 직성이 풀리는 경향이 있는데, 그들 역시 서로 숨김없이 불만을 털어내지 않고는 로마로 이동할 생각이 없어 보였다. 엄마는 아들 둘과, 딸은 자기 오빠들과 따로 이야기하기를 원했다. 나는 그들 모두가 내게 불만을 털어놓으려고 할까봐 겁이 났다. 그들이 서로 대화하려는 이유가 나라는 걸 알았으니까. 그런 대화는 기차표처럼 단순하지 않았다. 그 과하게 흥분된 분위기는 쉽게 격정적으로 변했고, 나는 설마 나 때문에 저러는 건 아니리라 마음을 다잡아야 했다. 나와 기차표의 차이점은, 기차표에 관해서는 공개적으로 이야기해도 되지만 내 얘기는 그렇지 않다는 것뿐이었다. 그들은 나에 관해 이야기하려고 침실에 들어가 문을 닫았다. 해가 있을 때는 주로 스키를 타거나 야외 활동을 했기 때문에 낮 동안에는 아무 일도 일어나지 않았다. 그러나 저녁만 되면 그들이 문을 닫고 들어가 버려서 홀에 코코와 나 둘만 남겨졌고, 위층에서 대충 무슨 일이 일어나고 있을지 알았기에 짜증이 났다.

"제럴드, 잠깐 내 방으로 와. 너한테 뭘 보여주고 싶어." '엄마'가 말했다. 곧 '딸'이 길버트라고 부르는 것만 빼고는 엄마와 똑같은 대사를 하며 다른 오빠를 자기 방으로 데리고 들어갔다. 집은 목조건물인 데다 바닥이 얇아서 코코와 단둘이 난로 앞에 있으면 가끔 그들의 떠들썩한 대화가 조금씩 들리곤 했다. 가령 나에게 애가 다섯이라거나 하루만 더 있으면 마흔 살이 된다거나 하는(아직은 그게 사실이 아니어서 특히 더 짜증 났다).

그러면 나는 벌떡 일어나 못에 걸린 털 코트를 끄집어 내린 다음 여봐란듯이 휘파람으로 코코를 불러서 집 뒤 작은 전나무 숲을 통과해 내가 아는 바위 위로 눈이 탁탁 떨어지는 소리를 들으며 밤의 어둠 속으로 나갔다. 바위에 앉아 초록 하늘에 나와 있는 별들을 보고, 어마어마하게 무심하고 조용한 밤공기에서 위로를 받았다.

어둠의 그림자 없는 단순함과 명료함,
어디까지나 신성한 청명함…….

나는 시를 중얼거렸다. 계속 화가 날 때는 저렇게 터트리는 것도 필요하다고 혼잣말했다. 그러나 곧 바위틈으로 작은 물줄기가 소곤거리며 흐르는, 그 얼음처럼 순수하고 차가운 정적 안에서 부끄러워지기 시작했다.

또 다른 별이 로트호른의 어깨 위로 떠올라 나를 내려다보며 윙크했다. 평화의 정교한 본보기인 산맥들이 내 주위를 둘러싸고 있었다.

인간의 머리 위 세상은
영혼의 지평선이 얼마나 광대무변한지 보여주기 위해 있

는 것…….

그런데 나는 여기에서 손님들이 방에 들어가 내가 다섯 아이의 엄마라고 얘기하는 걸 신경 쓰고 있다니. 그래, 나는 아이의 엄마다. 어떤 것도 이보다 더 진실일 수는 없었다.

얼마나 방대하고, 그러나 얼마나 투명한지…….

그리고 나는 그들이 나더러 마흔 살이라고 해서 신경을 쓰고 있다. 분명 지금 같은 속도로 계속 살다보면 언젠가는 마흔 살이 되는 것을.

거기서 자유롭게 지내는 게 얼마나 좋았는지…….

나는 반짝이는 바이스호른의 눈부신 비탈을 보며, 우리가 모두 너무 가까이 있고, 특히 내 손님들이 가족이어서 보통 때보다 더 가까울 수밖에 없었다는 사실을 깨달았다. 그때 갑자기 어떤 생각이 섬광처럼 떠올랐다. 지금 있는 손님이 떠나기를 바라느라 내 평온함을 깰 것이 아니라 더 많은 손님을 초대하는 것이 해결책이었다. 다른 혈통의 손님들 말이다. 그리고 난생처음 깨달았다. 만약 내가 계속 호의적이면서도 자유로워지고 싶으면 특정한 손님 몇 명보다는 아예 더 많은 사람을 불러 모으는 게 나을 것 같았다. 문을 활짝 열어젖혀라. 집을 사람들로 미어터지게 해라. 그러면 그들은 자기들끼리 교류하느라 바빠서 나한테 집중할 시간이 없을 테고, 나는 다음 책을 평화롭게 시작할 수 있을 것이다.

이런 생각이 들자 나는 얼른 일어났다.

> 각자에게 채워야 할 것이 아직 많이 남았다는 건
> 얼마나 공평한가!●

나는 의기양양한 얼굴로 장엄한 산맥을 찬찬히 바라본 다음 코코를 데리고 서둘러 집으로 돌아가 당장 편지를 쓰고 전보를 보내기 시작했다.

● '나'가 중얼거린 시는 모두 영국의 시인 매슈 아널드(1822~1888)의 〈여름 밤〉의 일부다.

이 책은 자서전이 아니므로 다음 일어난 일에 대해 깊이 들어갈 필요는 없겠다. 왜냐하면 코코는 다음 몇 주 동안(내가 지금 쓰고 있는 것은 코코에 관한 일이니 굳이 언급하자면) 하품밖에 하지 않았으니까. 그러므로 '아들들'에게는 적당한 여자들을, '딸'에게는 오빠 아닌 다른 남자를, '엄마'에게는 다른 사람의 아버지를 소개해주었고, 가족 모두 내가 바라던 대로 행동했다는 정도만 언급하면 충분할 것 같다. 단 엄마에게 소개한 아버지만 빼고.

엄마에게는 내가 잘못된 사람을 소개해준 것 같다. '엄마'가 그에게 잘 어울리는 짝이라 생각하고 소개했지만 그 남자는 엄마에게 정착하고 싶은 마음이 거의 없었다. 그는 창밖을 내다보며 밖에 나가 다리나 쭉 펴야겠다고 말하고는 젊은 여자들을 쫓아가버렸다.

그가 이렇게 행동함으로써 내 계획은 다 틀어져버렸다. '엄마'는 스키를 타다 근육을 다쳐서 회복하려면 실내에서만 며칠 동안 있어야 했는데, 나는 60대에 들어선 그 남자가 엄마 곁에서 조용히 담소를 나누며 함께 있어주면 좋을 것 같았다. 그렇게 해야 나도 자유로워질 수 있었다.

하지만 사람을 흥분하게 하는 고산지대 특유의 활기찬 공기를 잊고 있었다. 또한 그는 또래를 좋아하지 않았다. 특히 붕대를 한 또래는 더욱 싫어했다. '엄마'는 당시에 다친 발에 붕대를 감은 채 소파 쿠션 위에 다리를 높이 들어 올리고 누워 있어야 했다. 하지만 발은 발이고, 다른 곳은 어땠을까? 스키를 타다 다쳤지만 어떤 것도 정신적인 반응에 영향을 주지는 않았다. 그녀의 영혼, 정신을 비롯해 인간이 가진 귀중한 부분들은 여전히 상호작용을 원했다. 그러나 내 새로운 남자 손님은 그런 종류의 관계를 중요하게 여기지 않았다. 그는 정신적인 교감을 원하지 않았다. 그는 젊은 사람을 좋아해서 뻔뻔스럽게 등산 여행까지 따라가 흥겨운 모임을 망쳐버렸다. 나중에 아가씨들이 내게 와서 말하기를, 그 남자가 아무리 활력이 넘친다 해도 젊은 아가씨들에게 비할 수는 없어서 산을 오르는 내내 뒤처졌고 등산을 마칠 무렵에는 울먹이기까지 하더라는 거였다.

그 남자는 '엄마'와 나를 늙다리로 여겼다. 다른 아가씨들이 모두 스무 살 이하였으니 그렇게 보일 수도 있겠다고 어렵사리 받아들이기는 했지만, 그가 늙다리와 집에 남아 있지 않으려는 바람에 나의 다친 손님과 머물 수 있는 사람은 나밖에 없었다.

이건 정말이지 재수가 없을 뿐 아니라 상상도 못 한 일이었다. 더 많은 손님을 초대해 자유로워지고자 했는데 오히려 덜 자유로워져버렸으니. 그러나 어쩔 도리가 없었다. 나는 호의는 물론이고 인지상정까지 동원해서 아픈 사람 옆에 있었다. 내내 아픈 사람 옆에 앉아 겉으로는 아무렇지 않은 척했지만, 속으로는 거기에 있지 않았다면 실컷 즐겼을 일들을 절망적인 심정으로 되새기곤 했다.

코코는 우리 옆에 앉아 하품만 했다. '두 아들'이 내게 흥미를 잃은 뒤부터 코코 역시 그들에게 관심을 두지 않았고, 다른 남자 손님들에게는 애초에 눈길도 주지 않았다. 이제 코코는 따분했다. 왜 날씨 좋은 오전에 집구석에 처박혀 있어야 하는지, 왜 내가 보통 때처럼 자기를 데리고 나가서 스키를 타고 비탈길을 신나게 내려오지 않는지 이해하지 못했다. 코코는 큰 머리를 뒤로 젖히고 목구멍이 다 보일 정도로 입을 쩍 벌렸고, 누가 뭐라든 신경 쓰지 않고 노인이 내는 소리까지 내가며 끊임없이 하품했다.

코코의 하품에는 굉장한 힘이 있었다. 코코에게서 하품이 전염되어 우리도 계속 하품만 했다. 처음에는 코코의 부끄러움을 모르는 과감한 하품과 달리 숙녀처럼 억눌린 하품을 했다. '엄마'는 매번 입을 손으로 가려 하품했고, 하품이 끝나면 미안한 듯 말했다. "아, 진짜 오늘 아침에 뭐가 씐 것 같아요." 그러나 조금 지나서부터는 그런 말조차 하지 않았다. 결국은 우리 둘 다 입을 가리려고도 하지 않고 대놓고 쩍쩍 하품을 했다.

그게 고지대의 또 다른 신기한 효과였다. 우리는 체면을 잃어버렸다. 주요 예절을 의미하는 것은 아니다. 죽을 때까지 우리가 지켜야 하는 기본적인 예절 외에 사소한 모든 예의가 사라졌다는 말이다. 끝내 손이나 다른 물건으로 가릴 생각도 하지 않고 입을 벌려 하품하는 것이 그 한 가지 예다. 내가 지금 자서전을 쓰고 있다면 거론할 만한 다른 예가 있지만, 다행스럽게도 그렇지 않으므로 더는 언급하지 않겠다.

좋은 날씨는 3월 초까지 계속되었고, 그때까지 손님들도 끊이지 않았다. 같은 손님들은 아니었고, 이미 알다시피 손님이 다른 손님을 몰고 오는 식이었다. 그들은 전에 있던 사무실이나 성당(예비 수도사 한 사람은 우리 집에서 열흘 동안 있었다)으로 돌아가 영국의 창백한 군중 틈에서 구릿빛 피부를 으스대며 그들이 우리 집에서 무슨 일을 했는지 혼신의 힘을 다해 설명했고, 그 얘기를 들은 사람들은 부러워서 입에 흥건히 침이 고였다.

결과는 뻔했다. 더 많은 지인들이 편지로 자신이 얼마나 맑은 공기를 갈망하는지, 얼마나 우리 집을 부러워하는지, 그해 장크트모리츠•의 날씨가 너무 흐려서 살아내기가 얼마나 끔찍한지 구구절절 적어 보냈다. 그리고 앞에서도 말했지만, 나는 갑작스러운 상황에 절대 거절을 하지 못했고, 나더러 성격이 좋다고 칭찬하면 으쓱한 기분에 번번이 당장 오라는 내용의 답장을 보냈다. 게다가 내게는 욕실이 완비된 널찍한 샬레••가 있고, 매일매일 수정같이 맑은 날씨가 계속되는 데 반해 런던 사람들은 비를 뒤집어쓰거나 안개에 질식하고 있으니 이 좋은 환경을 코코와 나만 누리는 게 좀 부끄러운 일로 느껴졌다.

따라서 우리 집은 절대 비는 법이 없었다. 오히려 떠나는 사람은 별로 없고 오는 사람은 많아서 늘 복작거렸고, 결국 숙박비를 받지 않는 호텔이나 다름없었다. 사실 유명 리조트였다. 만약 우리 집이 베데커•••에 나왔다면 감히 말하건대 별 세 개는 너끈히 받았을 것이다.

• 알프스의 아름다운 산들로 둘러싸인 온천지.

•• 스위스 산간 지방의 지붕이 뾰족한 목조 주택.

••• 독일의 출판업자 카를 베데커(1801~1858)가 펴낸 여행안내서.

별 세 개 또는 그것이 상징하는 것은 비쌌지만, 나는 서서히 가난해지고 있다는 사실을 깨달았다. 포메라니아에서는 손님이 없었기 때문에 나는 스위스 산장에서 호스트라는 새로운 경력을 아주 가벼운 마음으로 막 시작한 참이었다. 그래서 한 사람에게 충분한 양이 두 사람에게도 충분하다고 믿었고, 사람을 더 많이 먹일수록 비용은 더 적게 들 거라고 생각했다. 이 가정은 잘못된 것이었다. 호텔은 더 많은 사람을 수용하는 게 비용이 덜 들 수 있지만 내게는 그렇지 않았다. 이 사실을 깨닫고 나서는 문득문득 수심에 잠겼다.

일주일 치 청구서가 날아드는 토요일만 되면 나는 고민하느라 활기찬 모습을 보여줄 수 없었다. 손님에게 만족스러운 서비스를 제공하려면 호스트는 늘 활기찬 상태를 유지해야 한다. 적어도 손님들과 함께 있을 때는 그래야 한다. 자기 방에 가서 기운이 빠질 수는 있지만, 사람들 앞에서는 지치면 안 된다.

토요일만 되면 나는 기운이 없었다. 뒤숭숭한 기분으로 테이블 상석에 앉아 있었다. 눈빛은 여전히 친절했지만 점점 더 토저스 부인•처럼 부자연스럽게 계산만 일삼았다. 그럴싸한 푸딩을 얼마나 더 제공할 수 있을지 의문이었다. 제대로 된 식사를 준비하지 못해 급조된 음식을 내놓게 될 날이 머지않은 것 같았다. 그리고 손님 중에는 다른 사람들과 섞이는 게 불편해서 하녀를 데리고 오는 경우가 있었다. 하녀들은 복도에서는 공손하게 벽 쪽으로 몸을 피했지만, 주방에서는 통제가 불가능했다. 또 손님 중 하나는 가는 곳마다 국가에서 보낸 탐정이 따라붙었다. 1914년 초였고, 여성참정권 운동가들이 그 손님을 쫓고 있었던 것이다. 그들이 들이붓는 위스키 때문에 계산서에는 엄청난 구멍이 났다.

따라서 이제 나는 토요일만 되면 활기찬 척도 못 한 채 수심에 잠겨 있었다. 그때 불안한 마음이 심해져 어떤 것에도 위안을 받지 못하고 평소에 하지 않던 짓을 하거나, 또는 내 관심이 완전히 다른 것으로 옮아가지 않아서 손님들에게 지금 당장 책 한 권을 끝낼 수 있도록 모두 떠나주면 좋겠다고 솔직하게 말했다면 어떤 일이 벌어졌을지 모르겠다.

이 특별한 순간에 새 손님이 등장했다. 그는 초대받지

● 찰스 디킨스(1812~1870)의 소설《마틴 처즐위트》에 나오는 위선적인 집주인.

않았지만 사소한 구실을 대며 그냥 들이닥쳤다.

푸딩 따위를 그렇게 심각하게 걱정했으니 다른 손님은 고사하고 이미 있는 손님들을 대접하기에도 벅찼을 것이다. 현실은 그랬지만 이 손님은 좀 달랐다. 이 사람은 내 집 앞의 얼음길을 두 걸음에 한 번씩 뒤로 미끄러져가며 천천히 기어올랐는데, 다른 손님들과는 전혀 다르게 운명처럼 느껴졌다. 그리고 그 운명에서 벗어날 방법은 없었다.

'운명'이 그리 좋은 단어인지는 모르겠다. 그건 전율과 식은땀을 암시한다. 그러나 그 순간이 내 현관문을 열고 안으로 들이닥쳤을 때 코코는 전혀 환영의 뜻을 보이지 않았고, 나 역시 그 상황을 분명 반기지는 않았던 것 같다. 아침 식사를 끝내자마자 내가 뭔가에 이끌리는 듯한 비범한 느낌이 들긴 했지만 그 외에 특히 불편한 점은 없었다. 나중에 생각해보니 내 인생에서 유일하게 이런 기분을 느낀 것은 이탈리아의 파티에 가기 위해 준비할 때뿐이었던 것 같다. 나는 그 파티에서 첫 남편을 만났다. 가슴이 철렁 내려앉았다. 어쩌면 남편들은 내 성미에 한 번도 제대로 맞은 적이 없었는지도 모르겠다.

그때는 토요일이었고, 나는 하품만 해대는 코코와 단둘이 가계부 더미를 앞에 두고 앉아 있었다. 코코도 나만큼 이런 아침들을 싫어했다. 다른 사람들은 음식과 스키를 챙겨 밖으로 나갔고 해거름이 돼서야 돌아올 예정이었다. 코코는 내 맞은편에 체념한 듯 웅크리고 앉아 내 얼굴에 대고 계속 하품을 했는데, 이렇게 화창한 겨울날 우리가 실내에 갇혀 있어야 한다는 사실을 몹시 견디기 힘들어하는 것 같았다. 그때만 해도 코코는 신나는 일이 얼마나 가까이 다가와 있는지 알지 못했다. 코코는 발소리가 산모퉁이를 돌아 매분 조금씩 다가올 때까지도 그 소리를 듣지 못하고 있다가 집 앞 비탈길을 기어오르는 발소리를 듣고서야 비로소 하품을 멈추고 귀를 쫑긋 세우더니 잔뜩 긴장한 채 문으로 달려갔다. 운명이 다가오는 소리를 듣고 반겨 맞으러 간 것이다. 그건 나의 운명이자 간접적으로는 코코의 운명이기도 했다.

현관에서 거실로 통하는 문이 열렸다. 우리는 거대한 통나무 난로가 있는 거실에서 보통 시간을 보냈다. 코코가 바닥 틈새에 코를 대고 열심히 냄새를 맡더니 행복에 찬 듯 짧게 여러 번 짖었다. 나는 그 의미를 알았다. 특히 코코가 황홀한 듯 꼬리를 흔들어대는 이유를 잘 알았다.

코코의 모든 행동이 이제 내겐 익숙했기에 꽤 가까운 곳에 또 다른 구혼자가 있다는 결론을 내렸다.

나는 코코를 바라보며 똑바로 몸을 세워 앉았다. 또 구혼자라니. 성직자를 마지막으로 이제 구혼자의 행렬은 끝났다고 여겼다. 좋은 건지 나쁜 건지는 모르겠지만 이제는 내게 구혼자가 오지 않을 때가 됐다고 혼잣말했었다. 그리고 방금 도착한 사람을 새 구혼자라 할 수는 없었다. 내가 크리스마스 때 아이들을 함께 돌보자고 초대했던 첫 손님이 돌아온 거니까. 그는 내가 어떻게 지내는지 확인하거나 자기가 보낸 손님 네 명이 마음에 들었는지 물어보거나 손님들 틈에서 정신을 못 차리는 나를 비웃으려고 돌아왔을 수도 있었다.

하지만 이 점에서는 내가 그를 오해했다. 그는 훨씬 더 좋은 사람이었다. 약간 화가 나 있었고 내게 앙갚음하고 싶은 마음도 조금 있었던 듯하지만 바로 회복한 데다 나 역시 마음속으로는 그가 그 정도로 옹졸하지는 않으리란 걸 알았다. 어쨌든 아직 제네바에 있든 영국으로 돌아갔든 그가 우리 집으로 오는 미끄러운 길을 힘들게 기어오를 상황이 아니었다는 건 확실하다.

상황이 어쨌든 누군가는 올라오고 있었다. 나조차 누군

가가 산 위로 기어 올라오는 소리를 들었고, 그 소리는 내가 여태 봐온 그 어떤 사람보다 코코에게 더 큰 기대감을 불러일으켰다. 나는 이유가 궁금했다. 두 손을 포개고 머리를 조아렸다. 무의식적으로 운명에 수긍하는 태도를 보인 것이다.

코코만은 해답을 알고 있었다. 그가 처음에는 깜빡거리다 이내 불이 붙지만 뒷심이 부족해 끝내는 흐지부지해지고 마는 일반적인 구혼자가 아니라 머지않아 남편이 될 운명의 상대라는 것을 알았다. 그래서 문이 열리고 누군가가 안으로 머리를 들이밀자 코코는 아주 중요한 것이 도착했을 때 취하는 큰 환영의 몸짓을 그에게 퍼부었다.

실제로 코코는 그에게 완전히 매료되어 있었다. '들어와요, 들어와. 아, 얼른 들어오세요! 여기가 우리 집이긴 하지만 지금부턴 당신 집이고, 안에는 없는 것 없이 다 있답니다.' 코코는 달려들어 핥고 꼬리를 흔들고 크고 활기차게 짖어가며 열정적으로 의지를 전달했다.

나는 움직이지 않았다. 나는 신이 왜 이런 이상한 장난을 치는지 마음이 무거워서 가만히 있을 수밖에 없었다. 그때 방금 도착한 남자가 한 손으로 이마를 닦고 다른 손으로는 흥분한 코코를 옆으로 밀어내며 말했다. "길을 좀

치우셔야겠어요."

나는 이미 모든 걸 수긍하면서도 의자에 미동 없이 앉아 고개도 들지 않고 되물었다. "우리 집으로 오는 길 말인가요?"

그가 말했다. "네, 재를 좀 뿌려야겠습니다."

그것이 그의 첫마디였다. 지금 다시 생각해보면 그는 늘 그런 식으로 말했다. 하지만 이것은 자서전이 아니므로 그에 관해 자세히 언급할 필요는 없겠다. 다만 그가 내가 산장을 짓는 동안 런던에서 한두 번 만난 사람이었다는 것은 설명해야겠다. 나는 실현 가능성이 별로 없는데도 호의적으로 사람을 초대하는 경향이 있어서 그에게도 집이 다 지어지면 와서 며칠 있다 가라고 했었다.

이제 집이 다 지어졌고, 그는 어딘가로 가는 길에 들렀다고 말했다. 어쨌든 처음부터 내 집에 올 계획은 아니었고, 혹시나 해서 짐은 썰매 안에 놔두고 길모퉁이에서부터 걸어왔다고 했다. 나는 그에게 며칠 있다 가라고 했다. 나중에 그가 말하길 모든 게 다 잘 짜인 계획이었고, 코코 못지않게 스스로도 구혼자임을 알았단다. 그러나 그가 곧 구혼자에서 남편이 되리라는 것까지는 코코만 알았다. 이제 그 문제는 내 결정에 달려 있었고, 나는 필연과 숙명을 느끼며 저항도 하지 않고 결과를 위한 준비 단계로 뚜벅뚜벅 걸어 들어갔다.

"당연히 며칠 있다 가셔야죠." 나는 나도 모르게 운명에 첫발을 내디디며 그를 극진히 환대했다.

그는 풀 먹인 흰 셔츠를 입었고 방수 부츠 안에 바짓단을 집어넣어 신고 있었다. 조끼에는 금시곗줄이 매달려 있었다. 산에 올 작정이었거나 산에 오를 계획인 사람 같지는 않았다. 만약 우리 집에 머문대도 실내에만 있기 쉬웠다. 한두 번 테라스에서 햇볕을 쬘 수는 있겠지만 대체로는 안에 있게 될 것 같았다. 나는 그의 옆에 앉아 있을 터였다. 그리고 우리 둘 다 그때까지는 몰랐지만, 그때부터 우리는 앉은 자세로 운명을 향해 전진하고 있었다.

집은 이제 거의 포화 상태였다. 특히 이미 존재하던 감정에 방금 합류한 그에게서 발생한 감정까지 뒤섞여 아주 혼란스러웠다. 당시에는 서로 짝지어주는 일이 수월하게 돌아가지 않았다. 누군가에 대한 불신과 특유의 높고 강한 공기에서 오는 불안함이 섞여서 쉽게 분노로 변했다. 손님 중 절반은 늘 화가 나 있었고, 몇몇은 대개 산만하고 불안정해 보였으며, 기분이 좋아서 돌아다니는 사람은 몇 명에 불과했다.

그때 그곳의 소란에 대해 아무것도 모르는 누군가가 도착한 게 나는 기뻤다. 그는 침착하고 무심한 표정으로 파이프를 피웠고 군소리 없이 자기 할 일을 했다. 나는 불안정한 분위기 속에서도 우직한 그가 신선하다고 생각했다. 그는 안정적이고 평화로운 사람이었다. 그가 조언한 대로 재를 뿌렸더니 집으로 오는 하얗고 예쁜 길이 검게 변해 보기에는 좋지 않았지만, 그 사람이 미끄러지지 않고 그 길을 오르내릴 수 있겠다는 생각에 안심이 됐다.

이제 그가 안팎에서 안전하고 편안하며, 미끄러지지 않고, 가장 좋아하는 양고기 요리를 먹을 수 있게 해주는 것이 나의 가장 큰 관심사가 되었다. 나도 내 행동을 설명할 수 없었다. 이전까지는 이토록 하녀처럼 머리를 조아리고 손을 포갠 채 복종하고 싶은 적이 없었다. 그러나 나는 처음부터 온순하고 유연했고, 저항 없이 굴복했으며, 신의 손길에 휘말린 듯한 이상한 감정에 사로잡혀버렸다.

다른 손님들이 놀란 눈으로 상황을 주시했다. 분명 나는 구애를 받고 있었고, 그걸 멈추려는 어떤 노력도 하지 않았다. 성직자가 내 환심을 사려 했을 때 나는 그런 식으로 행동하지 않았다. 그때는 강하게 저항했는데 지금은 내가 그저 밀랍 같기만 했다. 성직자를 위해 재를 뿌리거나 좋아하는 음식을 제공하지는 않았다. 그는 밤마다 조용히 앉아서《히버트 저널》•을 읽는 척했고, 나는 방의 다른 쪽 끝에 멀찍이 앉아 다른 사람들과 일부러 더 유쾌하게 떠들었다.

어느새 내 행동이 많이 변했고, 성직자를 겪은 손님들은 당연히 이 변화를 흥미롭게 지켜보았다. 그들은 일부러 분위기를 조성해서 나와 새 손님을 따로 있게 했다. 문을 열고 들어오려다 우리를 발견하면 서둘러 문을 닫고 가버렸다. 우리는 매우 뿌듯해하고 행복해하는 코코와 늘 따로 앉았고, 거실이 북적일 수밖에 없는 저녁에는 다른 사람들이 요령껏 멀찌감치 피해주었다.

"저 사람들이 당신과 나를 하나로 보고 있다는 게 느껴지죠?" 구혼자는 이렇게 말하곤 했다. 그러고는 코코도 나만큼 중요하다고 말하고 싶은지 곧바로 코코의 머리에 손을 얹고는 덧붙였다. "이 녀석한테 생말고기를 썰어줘야겠어요."

• 신학·철학·사회학·예술 분야의 계간 평론지.

"어둠의 그림자 없는 단순함과 명료함." 나는 또 한 번 이 글귀를 중얼거렸지만 맥락은 전혀 달랐다. 그리고 과부는 절반만 여자일 뿐이라고 청승맞게 혼잣말하기 시작했다.

이 시점에서 내가 개에 관한 책을 쓰는 게 아니라면 과부들에 관해 몇 마디 덧붙였을 것이다. 내가 한 번 더 과부가 되었기 때문에 마음속에 떠오르는 상념이 많다. 과부에 대해서 이제 나는 모르는 게 없다. 그중에서 과부는 절반만 여자가 아니라 유일하게 완벽한 여성의 본보기라는 점을 이제 자신 있게 말할 수 있다. 과부는 사실상 완성된 존재다.

그러나 이 책의 주제는 개이니 다시 이 특별한 기간을 함께했던 코코의 얘기로 돌아가야 한다. 코코가 내 두 번째 결혼의 사전 작업과 연관이 없었다면 그냥 조용히 넘어갔을 것이다. 그러나 코코가 요란을 떨었기 때문에 그 얘기를 하지 않고 지나칠 수는 없다. 코코는 넘치는 기쁨으로 집 안을 가득 채웠다. 마치 자기 혼자 나를 돌보느라 무거운 책임감을 느끼다가 부담을 나눌 누군가가 생겨 과하게 기뻐하는 것 같아 보일 정도였다. 어쨌든 코코는 그런 식으로 행동했고, 우리 둘만으로 아주 잘 지냈다는 생각은 하지 않는 것 같았다.

가끔 밤이 되어 누군가와 함께 있어야 한다는 압박감에서 벗어났을 때 그런 생각은 더 명료해졌다. 그럴 때면 예의 가슴이 쿵 내려앉는 것 같은 기분이 다시 들곤 했고, 코코의 열정을 기억해내야 그런 기분에서 겨우 벗어날 수 있었다. "개들은 항상 알고 있어." 나는 코코가 실제로는 아는 게 그리 많지 않다는 사실을 애써 무시하며 불안한 마음을 잠재웠다. 어쨌든 스스로 기운을 북돋워야 해서 코코의 열정에 의지했다. 그러나 결혼을 고려하는 사람이 애써 희망을 가져야 한다는 게 그리 좋은 징조는 아니었을 것이다.

사실 나는 운명이라는 단어를 그다지 좋아하지 않아서 숙명이라는 말을 대신 쓰고 싶다. 어쨌든 나는 그때 숙명을 향해 조금도 주저하지 않고 나아갔다. 날씨가 바뀌어 구혼자를 포함한 손님들이 골짜기로 강풍이 몰려오기 전에 기차라는 안심되는 피난처로 나뭇잎처럼 서둘러 달아나버렸을 때 나는 손아귀 안에서 놓아나는 기분이었다. '손아귀'라는 단어의 어감이 그다지 좋지 않으니 '환경'이라고 바꾸겠다. 내가 환경에 억눌린 느낌이었다는 말이다.

그렇지만 내가 처한 환경에 어쩔 수 없이 적응해가면서도 다시 혼자가 됐다는 사실에는 크게 안도했다. 잠시 숨을 돌릴 수 있었고 적어도 한동안은(탈출이라는 단어가 그때까지는 아직 현실적이지 않았다) 뭔가가 미뤄진 것 같았다.

코코와 나는 강한 바람이 부는 테라스에 서서 내 구혼자를 포함한 손님들이 떠나는 것을 지켜보았다. 코코의 귀는 곧장 허공으로 떴고, 내 모직 스카프 끝은 마구 펄럭였다. 그 잿빛 아침에 길을 떠나는 사람들의 눈에 코코와 나는 아주 우울해 보였을 것이다. 우리 뒤로는 텅 빈 집이 있고, 그 뒤로는 악천후에 시달리는 우울하고 울퉁불퉁한 산자락이 있었으며, 그 위로 구름이 몰려다녔고, 둥근 나무들은 긴장한 채 마구 흔들리고 있었다. 그래, 우리는 분명 쓸쓸해 보였을 테고 손님들은 우리를 불쌍해했을 것이다.

그러나 그들은 완전히 틀렸다. 나는 전혀 불쌍하지 않았다. 심지어 생각보다 일찍 압박감이 사라져서 다행이었고, 잘 가라고 손을 흔드는 와중에도 기뻤다. 나는 상황에 맞춰 슬픈 표정을 짓는 게 꽤 어려웠고, 몸을 돌려 조용히, 그러나 기분 좋게 텅 빈 집으로 뛰다시피 들어갔다.

공백이 즐겁게 느껴졌다는 사실은 부정할 수 없다. 어

떤 공백이든 마찬가지지만 그중에서도 연인이 떠난 공백이 가끔은 가장 즐겁다. 다른 사람과 오랜 시간을 함께한 뒤에는 회복할 시간이 필요했고, 이는 공백이 있어야 제대로 이루어질 수 있다. 그래서 나는 이 공백을 축복으로 여기지 않을 수 없었다. 나는 마음이 가벼웠다. 오랫동안 가라앉아 있다가 마침내 표면으로 올라온 느낌이었다. 오랫동안 납작하다가 정상 크기를 드디어 회복한 것 같았다. 나는 텅 비어 널찍한 집으로 들어와 맨 먼저 종을 울려 하녀에게 지금 하고 있는 양고기 요리를 마무리하고 나면 저녁으로 먹을 수란을 만들어달라고 주문했다.

이건 기분 좋은 느낌이었다. 그러나 다시 결혼을 고려하는 여자가 가져야 할 감정은 아니었다. 혼자 있을 때의 만족감은 확실히 내가 계속 과부인 상태에 머물러야 한다는 증거 같았다. 그렇지 않다면 당장은 안도감을 느끼겠지만, 곧 구혼자가 그리워져야 할 텐데 왜 그러지 않는가. 연인의 부재에서 깊은 만족감을 느낀다면 그건 사랑일 수 없었다.

그때는 그걸 의심했지만 이제는 안다. 그 이후에도 사람들이 너무 그리워 그들의 코트가 걸려 있던 장소에서 멀어질 수 없었고, 그들의 모자가 걸려 있던 고리라도 가서 만져보려 했던 적이 많았으니까. 그곳에 서서 상실을 겪은 이들에게는 익숙한 방식으로 무심한 고리에 매달려 시간을 세며 울적해했으니까. 어제 이 시간에는 우리가 함께 있었는데…… 지난주 이 시간에는…… 한 달 전 이 시간에는…….

지금은 오직 코코만 코트가 있던 자리에 가서 냄새를 맡았고, 내 구혼자가 머물던 방의 문을 긁는 식의 추모 방문을 했다. 반면 나는 언제나 그랬던 것처럼 일에 몰두함으로써 안정을 되찾았고 내면의 균형감과 조화를 회복했다. 곧 나는 남편감이라고 해서 꼭 그렇게 생각을 많이 해야 하는 걸까 의아해지는 단계에 이르렀다. 도대체 나는 하고많은 사람 중에서 남편을 또 가져 어쩌겠다는 건지 궁금했다. 게다가 저녁 식사로 줄곧 수란만 먹으며 비용을 조절했더니 토요일마다 올라오는 청구서도 더 이상 두렵지 않았다. 이제 몇 주 후면 부활절과 좋은 날씨와 아이들과 함께하는 행복한 휴일이 다가올 테고 삶은 매 순간 더 즐거워질 것 같았다.

각자에게 채워야 할 것이 아직 많이 남았다는 건

얼마나 공평한가!

그래, 그 말이 맞고말고.

그러던 어느 날 저녁, 손가락으로 책장을 훑다가 우연히 괴테의 책 한 권을 꺼내 펴 들고는 '참되고 바르고 아름다운 것들 속에서 결연하게 살아가기'라는 위대하고 취할 가치가 있는 글귀를 우연히 만나게 되었다.

그걸로 결정이 됐다. 그 말만으로도 나는 황홀했다. 그래, 나는 헌신적인 과부로 살겠노라 맹세했다. 가슴에 책을 꼭 껴안고, 멀고 먼 포메라니아의 집에서 내가 경험했던 모든 친절과 관용과 은혜를 유념하는 과부가 되리라. 위대한 시인이자 철학자인 괴테의 충고를 온 마음 다해 따름으로써 여태 잊고 지내던 가치 있는 것들을 그러모아 그를 기리는 데만 전념하는 과부가 되리라.

분명 여기에 다른 남편은 포함되지 않았다. 다른 사람과 결혼을 고려하면서 누군가를 기리는 기념비를 세울 수는 없지 않은가? 그런 행동은 신중하지 못할 뿐 아니라 더 심각한 문제가 될 수 있다. 그러므로 기념비를 조성하고 세우기 전에 내 구혼자에게 편지를 써서 설명을 해야 했다.

그날 밤, 바로 편지를 썼다. 그동안 그로부터 편지를 여러 통 받았는데, 그의 편지는 늘 차분하면서도 확신에 차 있었고(덕분에 실제로 그와 함께 있을 때 나는 뭐든 순순히 따르는 편이었다), 나는 주로 날씨 얘기로 얼버무리는 답장을 보냈다. 하지만 이제 내가 괴테의 위대한 족적을 따르기로 결심했으니 가장 먼저 구혼자에게 단호해져야 했다. 그래서 최대한 친절한 투로(정중하면 실제보다 덜 확고해 보인다) 한번 과부는 영원한 과부여야 한다는 게 내 신조라고 밝혔다. 나는 결혼 생활에, 더 정확하게는 결혼 상태를 반복하는 데 재능이 없지 않은가 의심하고 있다고, 그러니 모든 면을 고려해볼 때 일정한 나이가 지나면 혼자 잘 지내야 가장 좋은 것 같다고 생각을 전했다.

바로 '잘'의 의미를 묻는 답장을 받았다.

나는 제대로 설명할 수 없었다. 나는 정의를 내리는 데 미숙했고, 이번 경우에도 공연히 그에 대한 추억을 더럽히게 될까봐 그렇게 하지 않기로 했다. 그래서 과부 문제를 떠나서 괴테와 그 위대하고 지혜로운 사람이 권하는 삶의 방향을 따르기로 했으며, 거기에는 남편이란 존재가 포함되지 않는다고 써서 보냈다.

나는 생각을 분명히 한 다음 내 일에 열중하고 싶고, 두 사람이 같은 순간 같은 것에 결연해지기를 원할 수는 없을 거라고 설명했다. 한 사람에게 참되고 선하고 아름다운 것이 다른 사람에게는 전혀 참되지도 선하지도 아름답지도 않을 수 있고, 특히 잠을 제대로 못 잤거나 저녁 식사가 마음에 들지 않을 경우에는 더 그럴 수 있다고 말했다. 그러나 '결연'이라는 단어 자체가 내게 피를 수혈한 것처럼 힘을 주었고 이제 나는 참된 기쁨을 찾을 수 있는 곳과 내게 진실한 기쁨은 무엇인지 확실히 알게 되었다고 했다. 내게 참된 것은 일이고, 선한 것은 아이들이며, 아름다운 것은 이것들에 결연하게 헌신하는 나 자신이었다. 내가 그에게 행운을 빌듯 그도 내게 행운을 빌어주면 좋겠다고 말했다. 그리고 나보다 훨씬 더 나은 사람을 만나 세상 모든 행복을 누리기를 바라마지않았다. 나 자신을 그의 진정한 친구라 지칭하며 항상 진심 어린 선의와 애정으로 그를 언제까지나 기억하겠다는 말로 편지를 끝맺었다.

아름다운 편지라고 생각했다. 그에게 여동생이 되겠다는 말만은 하지 않았다. 당시에 그런 일은 내게 일어날 수 없었으니까. 그러나 그대로도 충분히 아름다운 편지라 생각했기에 답장으로 달랑 엽서 한 장이 도착했을 때는 꽤

나 놀라고 상처를 받았다.

내가 런던에 오면 다시 얘기하자는 내용이 엽서에 짤막하게 적혀 있었던 것이다.

내가 런던에 올 때? 나는 다음 서신은 엽서로 정해서 런던에 갈 계획이 없다고 써 보냈다. 분개했으니 나도 엽서를 쓸 수 있다고 합리화했다.

그러고는 소식이 없었다. 여러 날이 지났고, 코코가 물어 오는 편지 꾸러미에 나를 사랑한다고 믿었던 그의 서신은 없었다. 처음에는 그가 훈계를 하기 위해 깜짝 방문을 하려고 이러는 걸지도 몰라서 두려웠고, 그럴 경우 내가 어디로 숨어야 할지 초조한 심정으로 고민했다. 그러나 그럴 필요가 없었다. 아무 일도 일어나지 않았으니까. 그는 오지 않았고 편지를 보내지도 않았다.

그가 기회를 엿보고 있었고, 원하는 것을 얻기 위해 얼마든지 기다릴 생각이었다는 것을 나중에야 알게 되었다. 그러나 당시에는 알지 못했고, 보통 여성들이 그러기 쉽듯 나 역시 두 마리 토끼를 다 잡고 싶은 마음에 처음에는 놀라고 분개했으며 나중에는 상처받았다. 나의 길고 애정 어린, 친절하고 아름다운 편지에 대한 대답이 엽서 한 장이라니! 비록 나는 관계를 끝내고 싶어 했지만, 이런 식은 아니었다. 서서히 절망감이 엄습했다. 이 세상에 나를 진정으로 사랑하는 사람은 아무도 없고, 나는 적막하고 어두운 산에 버려졌다는 느낌이 들었다. 그리고 이제 내가 그의 코트가 걸려 있던 곳으로 가기 시작했다. 하지만 코코를 불러내 어리석은 짓을 했다고 꾸짖기 위해 그곳에 가는 거라고 혼자 어설픈 핑계를 댔다.

4월로 넘어가기 바로 직전인 3월 말에 마침내 태풍이 느려지기 시작했고 우리는 첫 제비꽃을 발견했다.

내가 '우리'라고 한 건, 프림로즈•에 별 관심이 없는 코코가 특히 좋아하는 것을 신나게 쫓다 말고 지난겨울 동안 내가 우리 집에 와 있던 가족들을 피해 도망 다닐 때 앉아 있곤 하던 바위 쪽으로 나를 이끈 덕분에 바위 아래에서 얼굴을 쏙 내밀고 태양을 훔쳐보고 있는 제비꽃을 발견할 수 있었기 때문이다.

이건 사건이었다. 비둘기가 노아의 방주로 올리브 가지를 물고 온 것처럼 내게는 첫 제비꽃이 그런 역할을 했다. 그건 확신이었고 희망이었다. 겨울은 끝났다. 어둠도 끝

• 앵초과의 야생화. 연한 노란색의 꽃이 핀다.

났다. 차가운 모퉁이에 여전히 도사리고 있는 잔설도 곧 사라질 테고 빛과 사랑스러움만이 몇 달 동안 계속될 것이다.

그 은혜로운 작은 꽃 옆에 앉았고, 꽃을 껴안고 싶었다. 아마 온실 가까이 사는 사람이나 지척에 꽃집이 있는 사람은 이런 행동과 감정을 어리석다고 생각할지 모르지만, 그들에게 확실히 장담할 수 있다. 나는 그 고귀하고 황홀한 광경을 보고 새로운 서약을 하게 됐다. 제비꽃이 햇살을 향해 몸을 뻗듯 나도 유쾌하고 좋은 일만 바라며 미래를 향해 뻗어나갈 것이다. 부끄럽게도 잠시 흔들렸지만 다시 결연한 삶을 향해 기지개를 펼 것이다. 겨울 지나 봄이 오고, 어둠 뒤에 빛이 되돌아오는 순간에 이르자 나는 다시 꽤 정상으로 돌아왔다. 코코도 마찬가지였으며, 우리 둘 다 이미 우울하게 추억이나 곱씹지는 않게 되었다.

내 앞에 있던 장애물이 제거됐고, 나는 다음 행동을 할 준비가 되었으며, 탈출의 밝은 기운이 가득함을 느꼈다. 이제 구혼자가 떠난 날 아침에 느꼈던 내 기분의 정체를 알 것 같았다. 일시적인 단절이 아니라 완전하고 확실한 탈출이었다. 사냥꾼의 그물에서 새가 풀려난 것처럼 마음속의 죄책감에서 벗어나 영혼이 자유로워지는 탈출이었다. 그러고는 하루하루 일을 즐겼고, 연휴가 가까워지자 아이들이 더더욱 그리웠다. 내가 구애의 감흥에 귀를 기울이고 과부는 반쪽 여자에 불과하다며 스스로에게 바보 같은 말을 하는 동안 느꼈던 양심의 가책에서도 벗어났다.

반쪽짜리 여자? 제비꽃을 발견하고 하느님을 찬양할 때의 나보다 더 충만하고 완성된 느낌을 가진 사람은 없을 것이다. 일주일 뒤 나는 한결같은 모성애로 무장한 채 골짜기의 역으로 아이들을 마중하러 갔고, 앞으로는 오직 그들의 행복과 안녕만을 위해서 쓰일 우리의 집으로 안전하게 데려왔다.

그때부터였다. 나는 이제 한숨 대신 미소를 지었다. 그 후로 오랫동안 이 확신에 찬 순간들을 기억하며 늘 미소 지을 수 있을 것 같았다. 그 휴일을 넘어서는 '그때부터'는 없었다. 코코는 더 이상 소포를 가져오고 싶어 하거나 우리의 느린 마차가 마지막 굽이를 돌기 한참 전부터 기쁘게 짖으며 우리가 나가 있던 곳에 가 있지 않았다. 우리 모두 들판을 가로지르며 목청껏 이야기했고, 아이들은 내 양쪽 팔에 매달리거나 내 옆에 최대한 바짝 붙어서 눈이 반쯤 녹은 땅을 골라가며 걸었으며, 코코는 입에 내 핸드백을 물고 자신만만하고 당당하게 걸었다. 그 황홀했던 부활절은 다시는 반복되지 않았다. 그 마지막 휴일이 너무나 행복에 겨워서 부활절이었고, 4월인데도 여전히 춥고 서리도 녹지 않았으며, 겨우내 내린 눈이 흩날리고 나뭇잎마저 없었지만 전혀 상관하지 않았다.

그런 건 우리에게 조금도 중요하지 않았다. 다시 모여 그처럼 즐거운데 나뭇잎 따위에 신경 쓸 이유가 없었다. 우리는 나뭇잎이 무성한 셈 치고 야외에서 식사를 했고, 완연한 봄 날씨를 맞은 것처럼 어깨를 당당히 폈으며, 살을 에는 듯 광포한 바람이 접시에 담긴 냅킨을 낚아채 산 아래로 가져가버려도 마냥 웃었다.

우리가 정말 행복해서 좋았다. 그리고 계산서 때문에 전전긍긍했던 때를 떠올리며 아이들에게 이번 휴일에는 친구를 한 명씩만 데려오라고 제안했던 것도 좋았다. 덕분에 통제가 가능한 작은 파티를 열어 친구들이 열 명이었을 때보다 서로에게 더 집중할 수 있었다. 걱정과 책임감 없이 매 순간을 즐겼던 것 역시 좋았다. 그때가 1914년 부활절이었다. 전 세계가 전화에 휩싸이기 전, 쉬운 세상의 마지막 부활절이었고, 가족의 행복을 위해 내가 지은 그 작은 집에서 아이로서 함께 지낸 처음이자 마지막 부활절이었다.

내가 '아이로서 함께' 지냈다고 말한 이유는, 돌이켜보면 나 역시 그때까지 아이 티를 벗지 못했다고 느껴서다.

나보다 유치함을 탐탁지 않게 여기는 사람도 드물 터라 이런 고백을 하기가 고통스럽지만, 사실 내가 어른이 되는 데는 제1차 세계대전과 두 번째 남편의 힘이 컸다. 그해 부활절에서 세계대전까지는 아직 4개월이 남았고, 묵묵히 시기를 기다리던 두 번째 남편도 아직 멀리 있었기에 그때 아이들과 나는 부활절 휴일 내내 모든 것에서 재미를 찾아 까불고 놀았다. 예를 들어 내 손에 있던 냅킨이 바람에 날려 산 아래로 휙 날아갔을 때 나는 아이들 못지않게 깔깔대고 웃었다. 아주 사소한 일로도 우리는 웃었다. 아니, 웃는 정도를 넘어 혼신의 힘을 다해 기쁨을 터트렸다. 우리 앞에 벌어지는 어떤 재미난 일에도 기꺼이 빠져들었다. 삶은 깨끗한 물처럼 맑고 밝았다. 책임감 없이 놀기만 하면 되는 소풍이었다. 냅킨이 길에 떨어지면 코코와 내가 신나게 따라갔고, 아이들은 테라스에서 우리에게 열광적인 환호를 보내며 응원했다.

터무니없을 정도로 행복했고, 기분 좋게 어리석었으며, 불합리한 기쁨에 몰두했던 휴일이었다. 다시 나 혼자 남게 된 뒤에도 기쁨이 집 안에 메아리처럼 울려 퍼졌다. 경쾌

한 행복이 그 안에 영원히 박힌 것 같았다. 내가 남편들을 멀리하기만 하면 그렇지 않을 이유가 없다고 생각했다.

이제 당당하게 소매를 걷어붙이고 일을 시작했다. 여름에 있을 긴 다음 휴일을 고대하며 매일 코코와 함께 들판에 나가서 점점 늘어나는 빛과 색의 세계를 걸었다. 5월 내내, 6월 내내, 나의 세계는 조금씩 더 눈부셔졌다. 꽃이 만발한 산 목초지를 경험한 것은 그때가 처음이어서 꽃 사이를 걸으며 내가 바로 그곳에 우리의 거처를 정한 사람이라고 뿌듯해했다. 완벽한 집이라고 혼잣말하며 이따금 걸음을 멈추고 산비탈에 아늑하게 자리 잡은 파란 대문 집을 바라보았다. 테라스 가장자리에 내가 심은 아이리스가 막 피어나고 있었다. 아이들과 내게 이보다 더 나은 집은 없을 것 같았다. 거기에서 우리는 아이들이 결혼할 때까지 여러 해를 함께 행복하게 보낼 것이다. 거기에서 내 딸들은 머지않아 네 명의 어린 신부가 될 것이다. 그리고 거기에서 나는 할머니가 되어 큰 아이들 대신 작은 아이들을 돌보며 평온한 세월을 보낼 것이다. 그리고 매년 어김없이 5월이 올 테고, 항상 개와 책이 옆에서 친구가 되어줄 것이다. 책 덕분에 '참되고 바르고 아름다운 것들 속에서 결연하게 살아가기'를 더욱 갈망하게 될 것이다. 그리고 아주 오랫동안 코코가 나의 동반자로 함께 할 것이다.

걱정 근심 없는 좋은 생각들은 6월 말이 되면서 저항에 부딪히기 시작했다. 광채 위에 안개가 내려앉듯 의심이 만연하더니 곧 불안과 공포가 뒤따랐다. 그리고 한 달 뒤에는 아이들이 내게 오는 대신 내가 불안하고 무거운 마음으로 아이들이 있는 영국으로 갔고, 코코는 집에 남았다.

코코가 입으로 조심스럽게 내 가방끈을 물고 들판을 가로질러 나를 태울 마차가 기다리는 곳으로 갔다. 코코는 내가 자기를 놔두고 갈 작정이라는 걸 잘 알았고, 가방만 없으면 그 무서운 일을 하지 않을지도 모른다고 생각했는지 마지막 순간까지 가방을 물고 있으려 했다. 그러나 큰 노력은 하지 않았다. 코코는 너무 점잖고 예의 발라서 누군가의 바람에 방해가 되는 일은 하지 못했다. 곧 내가 가져갈 수 있게 가방을 놓아주었고, 슬픈 눈과 축 처진 귀와 꼬리로 하고 싶은 말을 표현할 뿐 미동도 없이 서서 나를 올려다보았다.

코코는 텅 빈 길가에 꼼짝 않고 서서 내가 깊은 슬픔과 극심한 고통의 세월로 사라지는 것을 멍하니 보고 있었다. 코코는 사랑스러운 개이자 친한 친구, 든든한 보호자였다. 내가 너무나 사랑하고 아낀 개였고 나를 많이 사랑하고 보살핀 개였다. 그리고 5년 뒤 내가 다시 코코를 만났을 때 코코는 죽어가고 있었다.

코코의 죽음

이상한 일이었다, 코코의 죽음은. 관리인의 상상도 못할 어리석음 탓에 죽음은 이미 피할 수 없는 일이었지만 코코가 죽은 방식은 확실히 이상했다. 시간이 흐른 지금도 그 기억 때문에 괴롭다.

5년 전 눈부신 여름 오후에 떠나 집으로 혼자 되돌아온 날, 눈보라가 휘몰아쳤다. 그사이 산에는 철도가 만들어졌고, 내가 작은 역에 내렸을 때 나를 마중 나온 건 관리인뿐이었고 코코는 없었다.

잠시 눈보라 때문이라고 생각했지만, 코코는 태어날 때부터 산악 지대의 날씨에 익숙하다는 사실을 금세 기억해냈다. 그간 워낙 무서운 일이 많았기에 나는 두려워하며 서둘러 물었다. "코코는 어디 있어요?"

"몸이 좀 안 좋아요." 관리인이 말했다.

"아파요? 수의사는 불렀어요?"

"아직 안 불렀습니다. 부인이 오신다고 해서 허락을 받으려고 기다렸습니다."

'이런 바보, 바보 같으니!' 나는 두근거리는 심장을 부여잡은 채 눈앞을 가리는 눈 폭풍을 헤치고 발이 미끄러져가며 집으로 향했다.

"지난 편지에 코코가 아프다는 얘긴 없었잖아요." 나는 걸음을 멈추고 뒤에서 고군분투하는 굽은 형상을 돌아보았다.

"사흘 전까지만 해도 건강했습니다." 바람 소리 때문에 대답이 겨우 들릴락 말락 했다.

"코코 지금 어디 있어요?"

"제집 안에 있습니다. 거기에서 나오질 않습니다."

나는 비틀거리고 미끄러져가며 계속 힘겹게 걸었다. 당장 수의사를 불렀어야지. 내 개를 위해 뭐든 했어야지. 바보, 이 바보!

집으로 가는 마지막 구간은 비탈이었고, 눈 때문에 미끄러워 두 번이나 비틀거리며 넘어졌다. 그러고는 테라스까지 겨우 걸음을 옮겼고, 이제 현관이, 정문이 있었다.

숨을 헐떡이며 마지막 능선을 기어올랐고, 숨이 막혔지

만 멀찌감치 떨어진 곳에서부터 최선을 다해 휘파람을 불며 코코를 부르기 시작했다.

"코코! 코코! 우리 예쁜 코코, 엄마가 돌아왔어."

가까이 다가가 현관 안을 들여다보니 검은 물체가 문지방 위에 길게 늘어져 있었다. 그걸 밟지 않고는 안에 들어갈 수 없도록, 그래서 무슨 일이 있어도 내가 자기를 못 보고 지나가지 않도록 길을 막고 있었다.

코코였다. 어떻게든 힘을 짜내 마당에 있는 개집에서 그곳으로 온 거였다. 코코는 내가 집에 오리란 걸, 내가 역에서 오고 있다는 걸 알고 마지막 숨을 몰아쉬며 나와 잠깐이라도 다시, 마지막 순간만이라도 함께하기 위해 젖 먹던 힘까지 짜냈을 것이다.

"코코?" 나는 믿을 수 없어서 가만히 서서 속삭였다. "오, 코코!"

"어쩜 저럴 수가 있지요?" 등 뒤의 목소리가 아주 먼 곳에서 말하는 것처럼 들렸다. "어떻게 재가 여기까지 올 수 있었을까요. 사흘 동안 제집에서 꼼짝도 못 했는데."

무릎을 꿇고 앉아 코코의 앞발을 쥐었다. 코코가 꼬리를 살짝 흔들더니 고개를 들려고 안간힘을 쓰다 다시 떨어뜨리고는 겨우 눈을 들어 나를 바라보았다.

잠깐 동안, 아주 잠깐 동안 우리는 서로를 마주 보았다. 우리가 서로를 바라보는 동안에도 코코의 눈은 게슴츠레했다.

"코코, 엄마가 돌아왔어. 우리 예쁜 코코, 이제 다시는 널 혼자 내버려두지 않을 거야."

왜 이런 말을 했는지 모르겠다. 코코가 죽었고, 아무리 부르고 탄식하고 사랑한다 말해도 다시는 코코에게 전해질 수 없다는 걸 알았으면서.

바닥으로 몸을 낮춰 내 머리를 코코 옆에 뉘이고 비통함에 흐느껴 울었다. 이제 나는 세상에 철저하게 혼자 남겨졌다. 내 개마저 가버렸다.

제3장

열 번째 개

핀처

그러나 고통은 곱씹어봤자 소용없다. 전쟁 직전의 어느 여름 오후에 코코와 처음 이별했고, 5년 뒤 눈보라 속에서 코코와 다시 영원히 작별하기까지 내게는 너무나 많은 고통이 있었다. 참혹함이 그리도 견고할 줄 몰랐다. 그러나 그 세월 동안 내 옆에는 개가 없었으므로 이 책에서는 이야기할 필요가 없어서 차라리 다행이다. 누가 해묵은 슬픔을 글로 쓰거나 생각하고 싶겠는가. 슬픔을 한구석으로 밀어내고 침묵으로 덮은 채 거기에서 얻을 수 있는 교훈만 끄집어내 취한 다음, 등을 돌려 내게 아직 남아 있을지 모를 행복을 마주해본다.

이것이 바로 남은 생 동안 비틀거리고 휘청거릴 때마다 나 자신에게 해주었던 충고였다. 그러나 슬픔은 들러붙으면 쉽사리 사라지지 않는다. 슬픔은 오후에 산책하다가 잠시 걸음을 멈추고 옆으로 치워버린 뒤 다시 갈 길을 가면 되는 밤송이 같은 것이 아니다. 오직 세월이, 그것도 오랜 세월이 흘러야 마침내 사라진다. 그러나 그만큼의 시간이 남아 있지 않다면 어떨까.

내게는 생이 많이 남은 것 같았다. 나는 더 이상 살고 싶지 않았지만 생이 남아 있기에 고통을 받아들였다. 그리고 이제 나는 기쁘다. 당시 내가 가끔 바랐던 것처럼 견디기 힘든 의식 상태로 생을 끝냈다면, 달리 말해 그때 내가 죽었다면 상당히 많은 아름다움과 기쁨을 알지 못했을 것이다. 그러니 확실히 너무 빨리 삶을 놓아버리기보다는 다음 모퉁이에 무엇이 있을지 기다려보는 것이 현명하다.

나는 한참을 기다려야 했다. 코코가 죽은 지 4년이나 지나 핀처가 나타났다. 물론 진심을 다해 사랑했던 개를 잃으면 다른 개를 키우겠다는 생각을 감히 할 수 없다. 그러나 고통을 진정으로 치유하려면 다른 개를 데려오는 수밖에 없고(이는 연인들에게도 똑같이 적용된다고 들었다), 빨리 데려올수록 좋다.

나는 애도의 심정으로 거의 5년 동안 개가 주는 위로 없이 살았다. 얼마나 시간 낭비인가. 앞으로는 절대 그러고 싶지 않다. 그리고 감히 말하건대 만약 누군가 나를 유심히 살펴보고는 내가 무언가를 간절히 원하는 것 같긴 한데 그게 남편은 아닌 듯하니 개라도 있어야 하지 않겠느냐는 생각으로 핀처를 구해서 보내주겠다고 했으면, 쉽게 받아들이지 못하고 훨씬 더 오래 자제의 시간을 가졌을 것이다.

나는 뉴 포레스트•에 있는 작은 오두막에서 살았고(당시에는 더 웅장한 이름으로 불렀는데, 지금 생각해보면 어이가 없다), 우리 집 근처에는 사람의 왕래가 거의 없었다. 그래서 정문으로 물건을 운반하는 수레가 들어오는 걸 보고도 그 사람이 집을 잘못 찾은 거라 확신했고, 그가 지금 가지고 오는 상자도 내 것은 아니라고 생각했다.

"살아 있는 개예요." 그가 상자를 조심스럽게 내려놓으며 말했다.

살아 있는 개? 나는 살아 있는 개가 올 리 없다고, 아마 주소를 잘못 알고 찾아왔을 거라고 말했다.

"부인이 맞잖아요." 남자가 주소 적힌 종이를 내 쪽으로 돌려 보여주었다.

"네, 제가 그 사람이긴 해요." 나는 문법에는 맞지만 내

• 잉글랜드 남부의 삼림 지구.

용은 이상한 대답을 했다.

그렇다면 개를 끄집어내 물을 줘야 한다고, 배달부가 떠날 채비를 하며 말했다. "이름이 핀처랍니다." 잠시 후 그가 다시 돌아와 송장의 한 모퉁이를 가리키며 덧붙이고는 수레를 끌고 가버렸다.

우리가 대화하는 걸 들은 핀처가 상자 안에서 야단법석을 떨었다. 목이 말랐고, 무엇보다 '물'이라는 단어를 알아들은 모양이었다. 핀처를 보낸 사람이 누구든, 그리고 핀처가 왜 거기에 있든 일단 밖으로 꺼내 물을 줘야 할 것 같아서 일하는 사람을 불러 함께 상자를 열어 핀처를 꺼냈다. 아니, 뚜껑이 반도 채 열리기 전에 핀처가 몸을 비틀어 밖으로 나왔다. 그 순간 나는 핀처에게서 벗어날 수 없었다. 나는 개들을 위해, 개들은 나를 위해 존재하므로 핀처를 보는 순간 기분이 좋아지기 시작했다.

방바닥에 앉아서 핀처가 뛰어다니며 이것저것 냄새를 맡고 의자들과 첫인사를 나누는 광경을 감탄하며 지켜보았다. 핀처는 의자 위로 뛰어올랐다가 금세 다시 뛰어 내려와 소파를 탐색했다. 그 과정을 끝내고는 내게 달려들어 꼬리를 흔들어대며 내 머리카락과 옷 냄새를 맡았다.

"아휴, 요 작고 예쁜 것 같으니!" 나는 웃으며 복슬복슬한 핀처를 껴안으려 했지만(핀처는 정말 복슬복슬했다), 핀처가 다시 방을 뛰어다니는 바람에 성공하지 못했다.

내가 곧 설명하려고 하는 '그 일'을 핀처에게 행하기 전까지 핀처는 항상 그런 식이었다. 핀처만큼 매사에 열성적이고 호기심이 강한 개는 없었다. 핀처는 도통 가만히 있지 않았다. 심지어 밤이 되어 우리처럼 잠을 잘 때도 녀석은 어떤 것도 놓치지 않고, 앞으로 일어날 수 있는 모든 일에 준비 태세를 갖추려는 듯 늘 한쪽 눈을 뜨고 있는 것 같았다.

앞에서 언급한 첫 제비꽃처럼 핀처 덕분에 앞으로는 모든 게 좋아질 것 같았고, 핀처가 도착한 순간부터 몸과 마음이 나아지기 시작했다. 핀처에게 밥을 먹이고 운동을 시키는 그 모든 일이 내게도 도움 되는 듯했다. 핀처가 온 뒤, 다시 우울해지고 인상이 찡그려질 때마다 핀처를 쓰다듬었고, 또 슬픔이 나를 덮치려 하면 감정을 억누르고 바로 핀처에게 달려갔다. 핀처가 슬픔을 완전히 물리쳐주지는 않았고, 아직 내게 완벽한 평화가 찾아오지도 않았지만 확실히 핀처가 있어 균형이 잡혔다. 핀처는 기운을 북돋아주는 데 명수였고, 훌륭한 버팀목 역할을 해주었으며, 만족에 가까운 뭔가를 내게 되돌려주었다. 몇 주 동안 함께 뉴 포레스트를 샅샅이 뒤지고 난 뒤에는 확실히 내 머릿결도 곧 반들반들 윤이 날 것 같은 기분이 들었다.

그러나 핀처는 닭들을 가만히 두지 못했다. 비통하게도 우리가 처음 닭을 만난 순간 그 사실을 알았다. 사슴을 가만 내버려두지 못했던 세 번째 개 잉그라반처럼, 양들을 죽인 여덟 번째 개 프린스처럼 핀처는 닭만 보면 살생의 화신으로 변해버렸다. 결국 이게 핀처의 삶을 끝냈다. '결국'이라고 말하는 이유는, 그전 경우처럼 결과가 즉각적이지는 않았기 때문이다. 응당 받아야 할 벌이 서둘러 핀처에게 닥치지는 않았다. 벌은 천천히 다가왔고, 순전히 나의 무지와 잘 속아 넘어가는 기질 때문에 결국은 핀처가 희생되고 말았다. 나는 잘 알지 못하는 분야에 관해서는 남의 말을 선뜻 믿어버리는 경향이 있었고, 내가 가장 모르는 분야가 바로 중성화에 관한 것이었다.

나도 동물들이 중성화를 해야 조용해지고, 통제 불가능하던 개들도 중성화 후에는 무심해진다는 것을 어렴풋이 알았다. 그러나 거기까지였다. 중성화에 관해 세세한 것은 알지 못했다. 그러다 핀처가 알 잘 낳기로 소문난 옆집의 명품 암탉을 쫓아가 죽이는 일이 일어난 뒤에는 모르려야 모를 수 없었다. 옆집 닭은 2기니나 했고, 나는 그 돈을 물어내야 했다.

어떻게 핀처를 무심하게 만들 것인가? 암탉처럼 고유한 냄새를 풍기며 움직이는 모든 생물에 극도로 흥분하는 핀처에게 목줄을 채우는 것 말고는 방법이 없었다. 하지만 목줄을 매면 훈련을 제대로 할 수 없다. 목줄을 끌고 가는 사람에게도 마찬가지로 좋지 않다. 목줄을 하면 개는 너무 느리게 걸어야 했고, 사람은 계속 쫓아다녀야 했다. 그런데도 목줄을 하거나 프린스처럼 끔찍한 운명을 맞게 하거나 둘 중 하나밖에 답이 없다는 사실에 직면했고, 고유한 냄새를 쫓는 힘센 핀처에게 목줄을 채워서 숲과 늪지와 고사리 사이를 힘겹게 끌고 다니는 최악의 시간을 보내기 시작했다.

나는 걷기만 하면 진이 빠졌다. 기진맥진해서 제대로 몸을 가누지 못하는 나와는 달리 핀처는 전보다 더 기운이 펄펄 나서 집에 도착했다. 하지만 그런 힘든 산책에도 끝은 있었다. 평소에 우리를 눈여겨본 결과 내가 도륙당한 암탉의 값으로 2기니를 지불한 사실까지 아는 사냥터 관리인이 어느 날, 깊은 숲속에서 핀처를 데리고 고군분투하는 나를 보고는 가던 걸음을 멈추고 빙긋 웃으며 개가 내게 좀 버거워 보인다고 말했다.

"아, 곧 괜찮아질 거예요." 나는 핀처의 명성에 먹칠이 될까 염려돼 숨을 헐떡이며 말했다.

"재는 안 될 겁니다. 처리해주지 않으면요." 사냥터 관리인이 말했다.

"처리라뇨?"

"제가 그런 걸 조금 압니다. 다른 걸로는 치료가 안 되지요."

"하지만……."

"제 친구 녀석 하나가 눈 깜짝할 사이에 처리해줄 수 있습니다."

"뭘요?"

"저 녀석한테서 싹 처리해준다고요."

나는 핀처를 쓰다듬으며 어르고 있는 사냥터 관리인을 바라보았다. 그때 그는 분명 자신의 어린 꿩들과 핀처로 인해 발생할 수 있는 피해에 관해 생각하고 있었을 것이다. 당시에는 핀처가 꿩들을 해치지 않았지만, 지금 생각해보면 관리인은 당연히 그런 걱정을 했을 거라고 유추할 수 있다.

"처리하고 나서 너도 편안해지고 싶지. 안 그래?" 관리인이 핀처를 토닥이다 몸을 일으켜 나를 보고는 계속해서 말을 이었다. "안 해주시면 끝내 동네에 있는 닭값을 다 물어주게 될 겁니다."

"뭘 안 한다는 말씀이세요?"

"처리하는 거 말입니다."

나는 어리둥절해서 그에게 설명을 부탁했다. 그가 설명해주었다. 언제라도 할 수 있고, 처리를 해도 개는 전혀 알지 못한 채 웃으며 집에 오게 될 거라고 말했다. 자신에게 일급 수의사 친구도 있다고 했다.

결국 지난번에 도륙된 닭의 자매 암탉을 핀처가 또 먹어치우고, 또다시 2기니를 물어주고 난 뒤에야 프린스의 마지막을 생생하게 떠올리며 수의사에게 갔다.

수의사도 사냥터 관리인과 똑같은 말을 했다. 흰 의사 가운을 입은 유쾌하고 믿음직스러워 보이는 수의사 역시 그 수술은 간단해서 전혀 걱정할 필요가 없다고 나를 안심시켰다. 수술을 해주지 않으면 평화는 없을 거라는 말도 덧붙였다. 이웃과의 언쟁이 끊이지 않을 것이고 닭값을 물어주게 될 것이며, 종국에는 개가 사라져 끝내 찾을 수 없을 거라고 수의사는 전망했다.

나는 굴복하고 말았다. 개가 사라지고 말 거라는 예언

에 놀라서 동의하지 않을 수 없었다. 과연 핀처는 웃으며 집으로 돌아왔다. 뚜렷한 차이는 없었다. 여전히 내 머리에 코를 대고 킁킁거렸고 틈만 나면 얼굴을 핥으려는 사랑스러운 어린 개에 불과했다. 저녁밥을 탐하는 것까지 똑같았다. 아니, 훨씬 더 열정적이었다. 핀처는 이제 뛰어오르지 않거나 아주 이따금 뛰어올랐지만, 개가 뛰어오르고 말고는 누구도 별로 상관하지 않았다. 엄청나게 안심이 되고 기뻐서 나는 다음번에 사냥터 관리인을 만났을 때 성심껏 감사를 표했고 수의사에게 치러야 할 경비도 기꺼이 지불했다.

그런데 이제 나의 핀처에게 이상한 일이 벌어졌다. 핀처는 하루가 다르게 엄청난 속도로 몸이 두툼해져갔다. 매 순간 덩치가 커지는 게 내 눈에도 보일 지경이었다. 핀처는 곧 내가 들어 올릴 수 없을 정도가 되었고, 곧 민첩하게 의자에 뛰어오르는 건 옛이야기가 되었으며, 무기력하게 바닥에 누워 피둥피둥 살쪄갔다.

"너무 많이 먹어서 그래." 다른 이유를 찾고 싶지 않아서 그렇게 혼잣말했다. 확실히 전에는 식사에 대한 관심이 정상적이었고, 근처에 고양이나 토끼가 있으면 언제든 식사를 그만둘 준비가 되어 있었는데 이젠 그러지 않았다. 그간 추격처럼 활동적인 관심사에만 동원되던 간절함이 점점 더 음식에만 집중되고 있었다.

숲에서 만난 다정한 사냥터 관리인은 핀처를 데리고도 내 속도대로 걷는 걸 보고 축하해마지않았다. 전에는 내가 팽팽해진 목줄을 힘겹게 잡고 끌려가곤 했는데 이젠 한 손으로 자유롭게 나뭇가지를 돌리거나 꽃을 꺾는 것도 가능했고, 뚱뚱한 핀처는 맨정신으로 아무 문제도 일으키지 않고 나를 따라다녔다. "착한 것 같으니. 제가 뭐랬습니까? 이제 아주 신사가 다 됐잖습니까?"

맙소사, 핀처는 신사보다는 숙녀에 가까웠다. 그냥 숙녀도 아니고 늙은 숙녀였다. 그냥 늙은 숙녀도 아니고 모든 열정을 써버린 뒤 오직 먹는 재미에만 골몰하는 완벽하고 욕심 많은 늙은 숙녀 같았다.

나는 점차 이런 사실들을 깨달았고, 수술을 받도록 데려간 나 자신이 부끄러워 핀처를 똑바로 쳐다볼 수 없었다. 나중에는 사냥터 관리인을 만나기 싫어 숲에는 여간해서 가지 않았고 수의사와 마주칠까봐 마을 근처에도 가지 않는 시점이 오고야 말았다.

이 장소들이 배제됨에 따라 우리는 가까운 들판만 배회하게 되었고, 핀처가 더 살찌고 느려지자 작은 정원 안에서만 어슬렁거렸다. 핀처는 뒤뚱뒤뚱 걸으며 뭔가를 캐묻듯 자주 나와 눈을 맞췄고, 최대한 빨리 집 안으로 들어가 저녁으로 무엇이 기다리고 있는지 알고 싶어 하는 기색이 역력했다.

만사가 우울했다. 이런 상황을 만들어낸 사람으로서 양심의 가책이 느껴져 몹시 괴로웠다. 가을이 왔고, 매일 조금씩 축축해지는 정원을 슬픈 심정으로 몇 주 동안 걷고 나니 앞으로도 계속 이럴 바엔 차라리 런던에 가서 어기적거리는 게 낫겠다는 생각이 들었다. 거기에는 적어도 만날 친구라도 있으니 그들과 함께 있는 동안만은 내가 핀처에게 저지른 일을 잊을 수 있을 것 같았다. 게다가 숲속에 들어가지도 못하면서 뉴 포레스트에 사는 건 바보짓 같았다. 주변 환경이 아름답다 해도 볼 수 없다면 도대체 무슨 소용이란 말인가. 더욱이 시골에서는 개가 꼭 있어야 하지만, 이건 모든 재능을 가진 개에게만 적용된다. 내 잘못으로 핀처에겐 더 이상 재능이 없으니 런던에서 사는 게 오히려 맞을 것 같았다.

나는 적절한 시점에 런던으로 가서 아파트에 정착하기로 결정했다. 아파트는 확실히 핀처의 부정적인 행동이 크게 문제되지 않을 적합한 장소 같았다. 핀처는 움직이지도, 소란을 피우지도 않으니 옆집 사람들에게 나쁜 인상을 주지는 않을 듯했다. 핀처가 문제를 거의 일으키지 않는다는 것을 알면 하녀들이 핀처를 예뻐할 것이다. 승강기 운전사들은 핀처처럼 고분고분한 동물이라면 괘념치 않을 터였다. 그리고 호텔의 짐꾼들도 냉정함을 유지하고 복도를 드나드는 개에게는 기꺼이 문을 열어주리라 예상했다.

그해 11월에, 우리는 아침이면 빅 벤이 지켜보는 가운데 템스강 북쪽 산책로를, 오후에는 세인트 제임스 공원의 잎이 진 나무 아래를 함께 걸었다. 보상 심리가 강하게 작용한 나는 누구에게도 핀처를 데리고 나가거나 뭔가를 해주도록 허락하지 않았고, 불쌍한 핀처는 점점 더 내게 집착했다. 내가 파티에 가면 핀처는 아무리 오래 걸려도 아파트 문 안쪽에 꼼짝 않고 엎드린 채 나를 기다렸다.

감동적인 개였다. 그러나 감동받았다고 누군가를 사랑하게 되지는 않는다. 말하기 미안하지만 나는 핀처를 더는 사랑하지 않았다. 핀처는 너무나 정당하게 나의 애정을 요구했지만, 애정은 맞받아쳐지지 않았다. 잘못 행동한 사람이 그 행동을 당한 상대를 사랑하기란 쉽지 않다. 그리고 존재할 게 뻔한데 말로 표현되지 못하는 비난을 즐길 사람은 없었다. 불쌍한 핀처는 책망을 하고 싶어도 표현할 수 없었고, 원하지도 않았을 것이다. 핀처는 온몸으로 만족감을 표출했다. 핀처는 음식만 있으면 기뻐하는 얼간이가 되어 있었다. 만사에 자족하는 핀처는 엄청나게 성질이 나쁜 핀처보다 나를 더 괴롭혔다. 핀처가 그 사실을 알기만 했어도 내게 당하는 최악의 대접을 당연하게 여기지는 않았을 것이다.

아니, 나는 핀처를 사랑하지 않았다. 핀처의 나쁜 행동과 끊임없는 요구도 싫었지만, 내 잘못을 떠나, 핀처는 매우 둔하고 이상하고 보기 싫은 개가 되어버렸다. 핀처를 사랑할 순 없었지만 그런 척할 수는 있었고, 핀처는 그게 가식이라는 것을 눈치챌 만큼 영리하지 않았다. 핀처를 기쁘게 해주려고 자주 쓰다듬고 토닥였더니, 핀처는 내가 외출하려 하면 내 모자를 낚아채 달아나곤 했다. 나가지 말고 집에 함께 있자는 신호였다. 그렇게 해야 내가 집에 있을 테고, 자신은 불 옆에 몸을 길게 뉜 채 편안하게 코를 골 수 있으며, 자신의 헌신으로 내가 나가지 않으면 차가운 복도에서 찬바람 맞으며 나를 기다리지 않아도 된다고 믿었다.

"불쌍한 우리 핀처, 불쌍하고 가여운 우리 핀처." 나는 핀처 옆에 앉아 내 무릎에 핀처의 머리를 뉘고 후회와 연민에 가득한 목소리로 나직이 속삭이곤 했는데, 이것 때문에 핀처는 내가 천사가 아니라는 생각을 절대 하지 못했다.

친구는 자기가 선물로 준 핀처가 무기력하고 덩치가 커가는 데 놀라(나는 당시 벌어지고 있는 상황에 대해 물고기처럼 둔한 상태였다) 다시 한번 주의 깊게 관찰하더니 핀처가 어딘가 이상하다는 의견을 냈다.

나는 안절부절못했고, 친구는 핀처가 부자연스러울 정도로 덩치가 큰 것은 무기력 때문이고, 무기력함의 원인은 핀처가 혼자여서라고 결론 내렸다. 친구는 핀처한테 놀이 친구를 만들어주라고 했고, 나도 곧 그런 생각을 해보게 되었다.

나는 친구를 만들어줘서 될 일이 아니란 걸 너무나 잘 알고 있었지만, 굳이 설명하고 싶진 않아서 놀이 친구를 만들어주라는 의견에만 트집을 잡았다. 런던의 아파트에서 개를 두 마리 이상 데리고 있는 것은 불가능하고, 어쨌든 관리 사무실에서 그걸 허락하지 않을 거라고 말했다.

"시도는 해봐." 친구가 핀처의 비대한 몸과 거의 사라질 듯한 작은 머리를 유심히 바라보며 말했다. 그러고는 한 살 조금 더 된 핀처가 외모와 행동만으로는 열 살도 더 되어 보인다고 덧붙였다.

그 말을 들으니 기분이 매우 나빴다. 아닌 게 아니라 내 눈에도 핀처는 열 살짜리와 맞먹어 보였다. 그것도 아주 불쌍한 열 살, 이미 노쇠해버린 열 살 같았다. 놀이 친구로 그걸 변화시킬 수는 없을 터였다. 나는 그 제안에 막무가내로 맞섰고 핀처에게 행하는 모든 일은 오히려 상황을 더 악화시킬 거라고 우겼다.

급성 부적응증! 깔개 위에 자족하며 누워 있는 무기력한 덩어리는 아무리 봐도 어떤 것에 일시적으로 적응하지 못하는 급성 부적응증 같지는 않았다. 그런 상태는 이미 지났다. 핀처는 확실히 '선과 악을 초월'한 상태였다. 그러나 나는 그렇게 말하고 싶지 않았고, 대답하기 어려운 질문을 친구에게 퍼붓지도 않을 작정이었다. 그저 사죄하듯 몸을 숙여 내 불쌍한 개를 부드럽게 다독이며 중얼거렸다. 우리는 서로만 있으면 된다고.

그러나 친구들은 일단 직접 상황을 확인하고 나면 스스로 친절이라 생각하는 행위를 멈추지 않았다. 다음 날 더는 논쟁이나 허락이 필요치 않다는 듯 핀처의 놀이 친구가 바구니에 담겨 배달되어 왔다.

처음에 나는 바구니에 제비꽃이 든 줄 알았다. 3월이었고 런던 도처에 제비꽃이 만발했으니까. 가게마다 보랏빛이 넘쳐났고, 길모퉁이에도 제비꽃이 한창이었으니까. 나는 하인을 불러 꽃병에 물을 담아 오게 했고, 그사이 끈을 자르고 뚜껑을 열었다.

그러나 그건 제비꽃이 아니었다. 작고 흰 생명체가 몸을 잔뜩 웅크리고 머리를 다리 사이에 끼운 채 한쪽 눈을 옆으로 돌려 나를 진지하게 쳐다보고 있었다. 목에 묶인 카드에는 이렇게 쓰여 있었다. "저는 노비예요. 세 달 된 숙녀랍니다. 저를 핀처 오빠 옆에 데려다주세요."

열한 번째 개

노비

우리는 서로를 바라보았다. 노비는 미동 없이 누운 채 눈을 들어 계속 나를 바라보기만 했다. 핀처는 난로 앞에 무심히 누워 고개조차 들어 올리지 않았고, 노비는 핀처의 냄새를 맡고도 전혀 핀처를 알은체하지 않았다.

노비는 핀처가 있는 방향으로는 콧구멍도 벌름거리지 않았다. 노비의 관심은 오직 내게만 집중되어 있었고, 한눈에 진지한 평가를 그렇게나 많이 해내리라고는 상상도 못 했다. 노비가 무엇을 보았는지는 모르겠다. 사람이 개에게 어떻게 보이는지는 알 도리가 없으니까. 그러나 내가 본 것은 분명 예쁜 새끼 폭스테리어였다. 귀만 예쁜 갈색이고 나머지는 모두 눈처럼 하얬고, 양쪽 귀는 더 희고 곧고 굵은 띠로 나뉘어 있었다.

마치 그날 아침 천국에서 목욕이라도 한 것처럼 깨끗

한 노비는 조금도 당황하지 않고 누워서 내가 다음에 무슨 행동을 할지 기다리며 눈을 들어 가만히 나를 바라보았다. "노비!" 내가 불렀더니 예의 바르게 인사하듯 머리를 조금 까딱했다. 나는 개들이 저것보다 더 놀라운 일도 할 수 있다는 사실을 알고 있다. 일테면 윙키가 한번은 몸이 아픈지…….

아, 아직은 윙키가 등장할 때가 아니다.

"바구니에서 꺼내줄까, 노비?" 나는 노비의 친절함에 힘입어 최대한 공손하게 물었다.

반대하지 않길래 노비를 두 손으로 잡아(노비는 공단처럼 부드러웠고 포동포동했다) 조심스럽게 바닥에 내려놓았다. 노비가 카펫에 오줌을 싸지 않았다는 걸 알고 나는 더욱 노비에게 푹 빠져버렸다.

그건 굉장한 일이었다. 비주는 열외이니 제외하고, 내가 키운 다른 새끼 강아지인 잉고와 이보(여섯 번째와 일곱 번째 개들)는 처음 왔을 때 6개월이었는데도 오줌을 전혀 가리지 못했는데, 노비는 고작 3개월이었다. 게다가 암컷이었다. 개의 세상에서 암컷들은 일단 어디에서 어떻게 오줌을 눠야 하는지 지정되고 나면 알맞은 장소로 데려갈 때까지 계속 기다릴 뿐 아무 데서나 오줌을 누는 일은 꿈도 꾸지 않는다는 것을 이제는 안다. 암컷들은 매우 우아하고 깨끗하고 세심하다. 그러므로 하지 말아야 할 행동을 하기보다는 밖으로 나가기만을 언제까지고 기다린다. 하지만 그때는 이 사실을 알지 못했고, 이 긍정적인 출발이 흐려질까봐 걱정하면서 노비를 가슴에 안고 일어났다. 노비가 내 가슴으로 파고들자 나는 또 한 번 노비의 매력에 풍덩 빠졌다.

그에 관해서는 의심의 여지가 없었다. 노비는 내 가슴으로 바싹 파고들었는데, 내가 키운 개 중에서 그런 행동을 한 녀석은 노비가 처음이었다. 그레이트데인은 천성적으로 품에 폭 안기는 법이 없었고, 비주를 제외한 다른 개들은 이미 성견이었다. 내가 노비에게 푹 빠진 것은 당연한 결과였다. 그 어린것이 내게 몸을 밀착하고는 머리를 내 턱 밑으로 자신만만하게 밀어 넣자 마음이 밝아졌다. 작고 힘없는 생명체가 신뢰를 표하며 안겨올 때 모든 착한 여자와 대부분의 착한 남자는 끝내 모성 본능이 일어날 수밖에 없고, 특히 당시 나처럼 어떤 이유에서건 남편이 없고 아이들은 결혼해서 먼 나라에 사는 여자라면 더더욱 그 어린것을 사랑하지 않을 수 없다. 그런 여성들이 비록 말로는 '나는 누구도 나를 사랑하지 않았으면 좋겠다'라고 할지 모르지만, 아주 복잡미묘하게도 사실은 모든 사람이 자신을 사랑해주기를 원한다. 그리고 이런 바람이 '모든 사람'에서 '누군가'로 좁혀지면 문제가 될 수도 있다.

바로 그럴 때 그들에게 개가 찾아온다. 바로 그럴 때 내게는 노비가 왔다. 당시는 내가 방금 묘사한 상황과 꼭 같지는 않았지만, 삶이 계속되는 동안 아이들 양육과 관련한 단순한 기쁨이나 사랑도 사라지고 없었다. 내 사랑은 오직 마음으로만 그들을 따라다녔다. 그래서 그때 내 삶은 공허하고 헐벗은 것 같았다. 그런 사실을 친구가 감지했고 나를 덜 춥게 하려고 핀처로 채워주었던 것이다.

여러 이유로 친구의 작전은 실패했고, 나는 아무 말도 하지 않았다. 친구는 곧 노비로 재도전했고 이번에는 성공했다. 핀처가 와서 내가 잃어버린 균형을 되찾게 됐다면 노비가 옴으로써 나는 완전히 치유되었다.

작은 강아지 한 마리가 일으키는 이상한 효과라니! 그러나 5월 어느 날 아침, 햇빛을 받아 피어난 라일락 덤불 하나를 보고 내가 아는 어떤 여자가 경험한 효과보다 더 이상하지는 않았다. 그 여자는 슬픔이 차고 넘쳐 그날 생을 마감하려 했다. 그러다 우선 정원을 좀 돌아보기로 했고, 마침 탐스럽게 핀 라일락 덤불을 보고 조금 더 살아봐도 좋겠다고 생각했다. 그렇게 아름다운 장면을 만들어내는 세상이라면 가볍게 떠나서는 안 될 것 같다고 여겼던 것이다. 나 역시 가슴을 파고드는 작고 따뜻한 노비를 안고, 세상에는 감탄할 일이 많으니 나도 다시 한번 그것들을 찾아봐야겠다고 몇 년 만에 처음으로 마음을 다잡았다.

그러자 마치 오랜 맹세가 잠결에 튀어나오듯 '결연함'이라는 단어가 내 마음속에서 한숨처럼 터져 나왔다.

> 참되고 바르고 아름다운 것들 속에서 결연하게 살아가기…….

나는 노비의 부드러운 귀에 볼을 대고 한 번 더 노력해도 안 될 것 없지 않냐고 속삭였다.

그러나 런던에서는 그런 노력이 전혀 쓸모없었다. 적어도 내게는 그랬다. 사람들 틈에서 '결연해지기'는 어려웠다. 파티에서 나는 참되고 바르고 아름다울 수 없었다. 그런 모임은 내게 전화와 같은 효과를 주었다. 사람들과 함께 있으면 내 본연이라 믿고 싶은 모습에서 점점 멀어졌다. 부끄럽게도 나는 그들의 사탕발림에 혹했고, 내 생각은 하찮기 이를 데 없었다. 어느 파티가 끝나고 핀처가 현관에서 끈기 있게 나를 기다리고 순진한 노비가 바구니에서 새록새록 잠들어 있는 집으로 돌아와 이 무해한 둘을 보고 나서야 흩어진 냉정함을 되찾게 되었다. 파티가 진정 그렇게 가치 있는 거냐고 자문했다.

그렇지 않았다. 내게는 한 번도 그랬던 적이 없다. 친구들 역시 만나면 즐겁기는 했지만 지쳤을 때는 적당히 거리를 두어야 했는데, 런던에서는 사람이든 물건이든 거리를 두기가 쉽지 않았다. 여기서는 모든 것이 너무 과했다. 이제 나는 낙담한 채 침대 끝에 앉아서 포메라니아에서 지낸 여유로운 날들을 떠올리기 시작했다. 그때는 여섯 달에 한 번 정도만 파티를 열거나 참석했고, 스위스에서는 손님들이 오고 가는 가운데 코코와 나 단둘이 산에서 즐거운 시간을 보냈다.

이런 생각을 하다보니 내가 여러 사람과 함께 있는 데 맞지 않는다는 사실을 깨달았다. 노비 역시 공원으로 데리고 나갔을 때 하는 행동으로 보아 복잡한 곳에는 어울리지 않는 것 같았다. 화이트홀•을 건널 때 노비는 차 소리 때문에 겁에 질렸다. 아파트에 있을 때 나를 매혹했던 침착성이 문밖에서는 완전히 사라졌고, 멀리서 다른 개가 다가오는 것만 봐도 거의 기절할 정도였다. 분명 조용한 삶이 내 민감하고 미숙한 어린 강아지에게 가장 좋았다. '결연해지기'를 심각하게 고민한다면 내게도 그런 환경이 최선일 것 같았다. 다만 핀처가 걱정이었지만, 핀처는 나와 밥만 있으면 어디에서나 만족했기에, 어느 날씨 좋은 날 핀처를 내 발치에서 뒤뚱뒤뚱 걷게 하고 노비를 안은 채 런던을 떠나 다시 시골에 살러 갔다.

스스로 몸을 숨기고 모든 걸 잊기 위해 뉴 포레스트로 갔을 때와는 느낌이 사뭇 달랐다. 그때는 치유하고 생활에 윤기를 내는 일상적인 일도 했지만 개들과 동행한 시간이기도 했다. 코코가 죽고 핀처가 도착하기까지 나는 개 없이 슬픈 세월을 보냈다. 만약 그때 개가 있었다면 좀 더 일찍 슬픔에서 벗어났을지도 모른다. 이제 개 두 마리와 함께, 비록 한 마리는 기쁨보다는 부담이었지만, 당당하게 길을 나섰다. 그 길이 찰 고모와 제시 고모가 아직도 이상하다고 평가하는 나라는 사람에게 최선이기도 하거니와 노비에게는 마음의 안정을 줄 것 같았다.

● 관공서가 늘어선 런던의 거리.

노비 덕분에 꼭 필요한 출발을 할 수 있어서 정말 고마웠다. 노비가 아니었다면 런던에 하염없이 머물러 영원히 떠들썩하게 지냈을 테니까.

핀처가 나를 런던으로 오게 했고, 노비가 나를 다시 멀리 데려왔다. 내가 개들에게 끌려다니기 시작했던 것 같다.

실제로 내 친지들도 이 점을 지적하며 아쉬워했다. '푹 빠졌다'라는 단어를 써가며 유감을 표했다. 그러나 나는 신경 쓰지 않았다. 친척들의 말에 일일이 신경 쓰면 어디에도 가지 못한다. 심지어 시골에도. 나는 시골에 들어가자마자 완전히 흥분했다.

이번에는 32킬로미터도 떨어지지 않은 곳으로 갔기 때문에 다시 사교계로 들어가고 싶으면 몇 시간 안에 쉽게 친구들을 방문할 수 있었다. 그러나 런던에서 그렇게 가깝지만 집이 골프장을 마주한 채 외따로 서 있고 다른 삼면은 온통 숲이어서 시골에 머무는 효과는 완벽했다.

이 숲에는 개미 새끼 한 마리 얼씬거리지 않았고 노비에게 안전한 길이 끝도 없이 이어졌다. 핀처에게는 오래된 나무가 그늘을 드리워 아무리 햇빛이 강한 날에도 편히 누워 헐떡일 수 있는 큰 정원이 있었다. 우리가 그곳에 들어간 날에는 해가 뜨지 않았지만 조만간 시도 때도 없이 해가 날 예정이어서 당장 흐린 날씨는 전혀 문제가 되지 않았다. 우리는 매우 들뜬 상태로 새집에 정착했고(적어도 노비와 나는 그랬다), 핀처 역시 도착하자마자 거창한 특식을 받았으니 겉으로는 무심해 보여도 속으로는 분명 기분이 좋을 거라고 생각했다.

아주 매력적인 작은 집이었다. 평화롭고 조용했다. 집 뒤로는 가을 단장을 끝낸 숲이 집을 감쌌고, 앞에는 골프 코스가 펼쳐져 있었는데 그날은 마침 안개 때문에 골프를 치러 온 사람들도 없었다. 거실 창문 밖에는 비둘기장이 있었다. 내게 자주 개를 선물해주는 친구가 그 안에 비둘기를 여러 마리 채워놓아서 일하는 동안 비둘기의 울음소리를 들을 수 있어 마음이 편안해졌다. 그리고 난로 앞 러그에는 역시 같은 친구가(이제 그 친구를 동물 제공자라 불러야 하지 않을까?) 행운을 가져다준다며 선물로 준 검은 고양이가 엎드려 있었다. 고양이는 우리 집에 오자마자 노비에게 가서 귀를 깨끗이 핥아주기 시작했다.

차가 준비됐고, 커튼이 내려졌다. 난롯불은 춤췄고, 주전자에서는 쉭쉭 물 끓는 소리가 났다. 우리는 로맨스 소설의 한 장면 속에 있는 것 같았다. 주인공이 잠시 상류사회에서 벗어나 소박한 오두막에 터를 잡은 장면쯤에. 핀처는 내가 머핀을 먹는 동안(그때껏 나는 머핀을 보지도 못했지만 그곳에서는 만족스러워하며 즐겼다) 내 앞에 자리를 잡고 누워 몇 분 전에 어마어마하게 많은 양의 저녁을 먹어치우고도 내가 머핀을 베어 물 때마다 빤히 쳐다보았다. 고양이는 노비의 귀를 다 핥아준 다음 이제 몸을 뒤집어 제 배를 핥기 시작했다. 나는 다시 한번 평화의 세계에 발을 내디딘 것 같았고, 이제 계속 그 길을 따라 걷기만 하면 될 것 같았다.

나는 매번 나의 일부였고 내게 큰 만족을 주는 개들과 함께 고독의 장으로 새롭게 접어들었다.

핀처는 이제 더는 예쁘다고 부르기 어려운 상태였으므로 이 새로운 장면을 장식하는 것은 두려움에서 벗어나 나날이 새로운 매력을 더해가는 노비의 몫이었다. 핀처도 처음에 왔을 때는 매력적인 작은 개였다. 그랬던 핀처가 이제는 길을 가다 어린 소년을 만나면 어김없이 듣기 싫은 소리를 듣게 되는 이상한 개가 되어버렸고, 그건 순전히 내 잘못이었다. 런던에 살 때 핀처를 템스강 북쪽 산책로로 데리고 나가면 온갖 이상한 소리를 듣게 됐는데, 나는 그게 내가 마땅히 받아야 할 벌이라고 생각했다.

나는 그런 악담들로부터 벗어나 조용한 시골에 온 게 기뻤다. 런던에서 그런 나쁜 말을 들을 때마다 나는 고개를 부자연스럽게 꼿꼿이 세우고 아무것도 들리지 않는 척하거나 들었어도 신경 쓰지 않는 척했다. 개를 목줄에 묶어 데리고 나가면 반드시 가만히 서서 기다려야 하는 순간이 있는데 내게는 그런 시간이 특히나 힘들었다.

그런 조롱에 직면했을 때 고개를 높이 쳐들고 들리지 않는 척하는 것 말고 할 수 있는 일이 뭐가 있었을까? 그러나 우스운 내용에는 못 들은 척하기가 힘들었다. 어느 날 핀처 때문에 멈춰 서 있는데 우연히 우리 앞에 서 있던 전차의 차장이 혼잣말인 듯 아닌 듯 소리치는 걸 들었다.
"저 강새이 좀 보소! 족보가 딱 나오네 그려. 에미는 고슴도치고 애비는 빌어먹을 어릿광대일 것이네."

런던에서는 밖에서 아파트로 돌아갈 시간이 되면 늘 감사했다. 그러나 이제 오두막을 둘러싼 널찍한 정원에서는 모든 게 쉬웠고 내 불쌍한 고슴도치(핀처는 실제로 고슴도치 같아 보였다)도 크게 안도할 수 있었다. 핀처뿐 아니라 행인들의 비웃음을 사는 게 전혀 즐겁지 않았던 내게도 틀림없이 다행스러운 일이었다. 이제는 핀처와 뒤뚱뒤뚱 걷는 대신 노비와 언제고 달릴 수 있었다. 그러나 불행하게도 핀처가 런던의 아파트 현관 깔개 위에서 내가 올 때까지 기다렸던 것처럼 이제 아무리 춥거나 비가 와도 대문 앞에서 나를 기다렸다. 나는 대문 앞에 우직하게 앉아 내가 돌아올 때까지 꼼짝도 하지 않을 작정으로 참을성 있게 기다리는 형상을 보고는, 그레이하운드의 민첩함과 우아함을 물려받은 노비가 충분히 몸을 풀기도 전에 산책을 마치고 서둘러 집으로 돌아와야 했다.

내가 돌아오는 걸 보고 핀처는 어떻게 했을까? 그냥 자러 갔다. 핀처가 원하는 건 그것뿐이었다. 내가 있다는 걸 알고서 잠이 드는 것. 실제로 그때껏 핀처가 음식 말고 원하는 건 그뿐이었다. 자기가 코 골며 자는 동안 내가 옆에 있어주는 것. 핀처가 남편도 아닌데 이래야 한다는 게 화가 났다.

이어지는 사진은 다음 해 여름, 완벽한 숙녀로 자란 노비의 사진인데, 핀처에게서 고개를 돌리고 있다.

핀처는 사진에 없다. 내가 사진을 찍는 바로 그때 노비가 핀처의 친구가 되어주려 했지만 핀처가 거의 신경도 쓰지 않고 뒤뚱뒤뚱 걸어가버렸기 때문이다. 노비는 주로

핀처를 외면했고, 핀처는 핀처대로 노비에게 아무런 관심이 없었다. 물론 그때 불쌍한 개 핀처는 노비뿐 아니라 어떤 것에도 관심이 없었고, 노비는 고양이가 없었다면 놀이에 굶주린 외로운 어린 시절을 보냈을 것이다. 그러나 고양이가 그 역할을 대신해주었고, 예의 그 동물 제공자 친구가 또 다른 선물로 청키를 우리 집에 데리고 올 때까지 둘은 함께 아주 재미있게 놀았다. 청키는 오자마자 방과 노비와 고양이와 핀처가 모두 자기 것인 양 자신만만하게 방으로 뛰어 들어갔고, 새 강아지의 느닷없는 등장을 지켜본 노비는 고양이 따위는 잊어버리고 청키에게 푹 빠져버렸다.

그거야말로 청천벽력이었다. 그 전에도 청천벽력이란 말을 듣기는 했지만 한 번도 경험하거나 목격하지는 못했다. 이제 내 눈으로 직접 노비에게 청천벽력처럼 돌발 사고가 닥치는 걸 목격했다. 놀랄 만큼 작고 건방지고 투지만만한 십 주 된 실리엄테리어 믹스견 청키는 으르렁거리며 건방진 태도로 주위를 돌아보더니 한두 번 크게 짖었다. 우리를 떠맡을 준비가 되었다는 선언이었고 노비에게는 자기의 노예가 되라는 포고였다.

열두 번째 개
청키

청키는 일급 매력쟁이였고 지금도 그렇다. 내가 글을 쓸 때 청키는 내 무릎에 몸을 말고 누워 있고, 종이가 잠자는 청키의 등에 걸쳐져 있다.

이 사진은 청키가 4개월이었을 때다. 청키의 얼굴에는 눈썹이 치켜올려진 것 같은 재미있고 놀라운 반점이 있는

데, 이를 본 사람들은 바로 청키의 매력에 빠졌다.

거실 문이 열리고 청키가 예고도 없이 혼자 나타났던 날, 청키의 사진을 찍지 않은 게 후회스럽다. 청키를 데려온 기사는 용의주도하게 자신의 모습을 숨겨서 청키가 직접 우리에게 자신의 첫인상을 남기게 했다. 나는 그렇게 작은 강아지가 자기보다 훨씬 크고 낯선 자들의 무리 속에 던져졌는데도 겁 없이 그렇게 건방질 수 있다는 게 믿기지 않았다.

불굴의 정신을 상징하는 청키의 자랑스러운 꼬리는 제멋대로 튀어나와 있었고, 그 뒤로도 늘 건재했다. 내가 청키를 데리고 있던 5년 내내 청키의 꼬리는 한 번도 내려가지 않았다. 청키는 대단한 사랑꾼이어서 짝짓기를 할 기회가 있으면 차에 치이거나 총에 맞거나 누군가 덥석 잡아가버릴 수 있는 위험을 무릅쓰고서라도 몇 시간이나 밖에 나가서 들어오지 않았다. 내가 화를 내며 때리는 시늉을 하면 청키는 꼬리를 내리는 대신 살랑살랑 흔들었다. 그러면서 잘못한 건 인정하지만, 그럼에도 할 만한 일이었다고 말하려는 듯 내 눈을 똑바로 응시했다. 동시에 자신만만하고 도전적인 표정으로 내 동의를 구하려는 것처럼 내 얼굴을 과감하게 올려다보면 나는 힘없이 손을 옆으로 내려놓았다. 결국 나는 청키가 즐거운 시간을 보낸 데 기뻐할 수밖에 없었고, 어쨌든 무사히 집에 돌아왔다는 사실에 깊이 감사했다.

한결같이 동물 제공자를 자처하는 그 친구가 어느새 친지들에게 동물원이라고 불리기 시작한 내 집에 청키까지 데려다준 이유를 다음과 같이 설명했다. 오두막에서 맞이하는 두 번째 겨울이 다가오자 그는 내게서 안절부절못하는 기색과, 창가로 걸어가 바깥 날씨를 보며 눈살을 찌푸리는 경향과, 그에게는 별 의미가 없으나 영국에서보다 더 많은 햇빛을 원하는 과도한 나의 갈망을 조심스럽게 관찰했고 내게는 개가 한 마리 더 필요하다고 결론을 내렸단다. 나를 진정시키고, 나를 여기에 묶어두려면 그래야 할 것 같았다고 했다. 여자는 개가 한 마리 있으면 쉽게 해외로 나갈 수 있지만 두 마리면 약간 고민스러워하고 세 마리면 감히 움직일 시도조차 못 하게 된다. 특히 개 세 마리를 모두 사랑하는 여자는 개들을 놔두고 떠날 수 없으니 지금 있는 곳에 계속 머무를 것이고, 그러면 친구들이 계속 와서 함께 차를 마실 수 있다는 계산이었다.

그의 계산은 매우 단순했지만, 어느 정도는 옳았다. 그러나 그가 놓친 부분은 내가 당연히 개 세 마리를 모두 사랑할 거라는 점이었다. 그렇지 않았다. 나는 오직 두 마리만 사랑했다. 핀처에 대한 나의 감정은 자책을 동반한 책임감뿐이었고, 만약 핀처를 맡아줄 다른 좋은 집이 있다면 나는 언제든 기꺼이 핀처와 헤어질 생각을 하고 있었다. 그러나 자기 딴에는 선물이라고 생각했던 친구에게 당연히 이 얘기를 할 수는 없었고, 친구는 세심하게 관찰했지만 내 마음속에 핀처가 없다는 사실까지 눈치채지는 못했다.

비록 그는 세심하게 관찰했지만, 내가 오두막에서 겨울을 한 번 더 보내는 것을 두려워하는 이유 역시 찾아내지 못했다. 우리는 개들을 기본으로 한, 주로 개로 인해 엮인 친구 사이였다. 적어도 나는 그렇게 여겼고, 그렇지 않은 경우보다 더 비밀을 털어놓을 수 없었다. 그는 내 비밀을 한 번도 제대로 알지 못했고, 나는 그에게 내 은밀한 실망과 부끄러움에 관해서 절대 말할 생각이 없었다.

그는 우리 집에 들르면 그의 네발 달린 선물들에 둘러싸인 채 조용히 차를 마셨고, 불과 몇 시간 전까지 내가 무겁고 절망적인 오전의 비를 탓하며 점차 늘어가는 악천후에 '결연해지지' 못한 나의 무능력이 원망스러워 손가락 마디마디를 물어뜯었다는 사실은 전혀 눈치채지 못했다.

분명 말쑥하게 차려입고 차분하게 앉아서 머핀과 함께 차를 마시는 사람 중에도 종종 속으로는 그날 아침 어떤 비밀스러운 문제 때문에 손가락 마디를 질근질근 물어뜯은 사람이 있을 것이다. 그런 사람을 겉에서만 봐서 어떻게 구별할 수 있을까? 내 동물 제공자 친구도 바로 그 순간 난롯가에 평온한 얼굴로 앉아 있지만, 어쩌면 속을 끓이고 있었을 수도 있다. 그러나 곧 그렇지 않을 거라는 데 생각이 가닿았다. 그는 내게 개를 제공해야 한다는 생각 외에는 하지 않는 사람이고, 오직 한 가지 생각만 하면 내면의 평화를 유지하는 데만 가치를 두기 쉽기 때문이다.

그러다 차가운 폭우가 거의 쉼 없이 십 주 동안 내린 뒤, 런던에서 벗어나 우아하고 고독하게 살리라는 확고한 삶의 계획이 비만 오면 허사가 된다는 부끄러운 사실을 발견했다. 달리 말해서 '참되고 바르고 아름다운' 삶을 간절히 추구했지만 그건 오직 태양이 빛나고 열정이 있어야 가능한 말이었다.

당연히 나는 또 손가락 마디마디를 물어뜯었다. 그 당혹스러운 발견이 내 의욕을 모조리 꺾어버렸다. 나는 부끄러워 죽을 것 같았다. 그러나 부끄러워한다고 해서 차가운 비가 멈추지는 않았고, 차가운 비는 내게 동상을 안겨

주었으며, 동상 때문에 되는 일이 하나도 없었다. 특히 속상했던 것은 산장에 있었을 때는 몇 주 동안 바람이 포효하고 비가 창문을 사정없이 때렸어도 내면의 불꽃이 꺼지지 않고 잘만 지냈다는 점이었다. 그곳에서도 동상에 걸렸을 텐데 동상이 내 정신에 거의 영향을 미치지 않았는지 기억조차 제대로 나지 않았다. 이제 내가 나이를 먹어서 이렇게 바뀐 것일까? 나이가 든다는 건 부침을 겪고, 온기에 집착하고, 사라지지 않는 구름을 끔찍하게 싫어하는, 하찮고 한심한 방식으로 드러나는 건지도 몰랐다.

나이. 나는 그때까지 한 번도 다른 사람의 나이가 아닌 내 나이에 관심을 가져본 적이 없었다. 이제 처음으로 나도 곧 늙을 것이고, 어쩌면 이미 노화가 시작됐을지도 모른다는 생각이 들었고, 거기에 크게 충격을 받았다.

양지바른 곳에서 멋지게 사는 친구가(이번에는 여자다) 한 명 있었다. 그녀는 프로방스•에 살았는데, 한번은 런던 가는 길에 우리 집에 들렀다. 그 어두운 오후에 친구를 방으로 데리고 들어가며 나는 남쪽의 찬란한 빛을 떠올렸

• 프랑스 남동부의 지역.

다. 더 축복받은 곳의 빛과 온기가 친구 주변에 아직 남아 있는 것 같았고, 친구가 두고 온 햇살이 여전히 그녀를 비추는 듯했으며, 그녀가 움직일 때마다 재스민을 닮은 달콤한 꽃향기가 바람에 부드럽게 흔들리는 느낌이 들었다.

"나랑 가까이 살지 않을래?" 친구가 말했다. "올리브나무 사이에 작은 집이 하나 있거든. 11월에는 주변에 분홍색과 흰색이 섞인 줄기가 긴 데이지꽃이 만발해." 그때가 11월이었다.

몇 단어만으로 누군가의 인생이 통째로 바뀔 수 있다니 이상한 일이다. 당시에 나는 분홍색과 흰색이 섞인 줄기가 긴 데이지를 몰랐지만 이제는 안다. 지금 이 순간, 나는 그 작은 집에서 글을 쓰고 있다. 이 집은 양 끝을 확장해 더 큰 공간이 되었고, 인동덩굴 색깔로 변했다. 나는 아침 식사 후 펜을 잡으려면 입으로 손가락을 후후 불어야 할 정도로 지독한 추위에 떨었었는데, 이제는 내일 날씨가 맑기를 바라지 않아도 괜찮은 사람이 됐다. 거의 늘 날씨가 맑았고, 혹시 그렇지 않아도 내일은 쨍할 것이고, 내일이 아니면 그다음 날이라도 반드시 맑아질 테니까.

다른 사람들은 어떤지 모르지만 적어도 나는 날씨에 따라 신을 찬양하거나 불길할 정도로 조용히 지내게 된다.

과부가 되면서 앞으로 어디에서 살지 선택권이 주어졌을 때 포메라니아에서 곧바로 빛과 온기와 색채와 향기가 가득한 이곳으로 왔다면 내 성질이 많이 좋아지지 않았을까 생각하곤 한다. 그랬다면 젊을 때부터 온화하고 유한 사람으로 서서히 나이 들지 않았을까. 절망하는 대신 흔들림 없이 평온하지 않았을까. 적어도 눈앞의 고요와 평화를 느끼지 않기는 힘드니까. 주변이 아름다움으로 넘쳐나면 반드시 영혼으로 스며들어 거기에 머물게 되는 법이다. 나는 아름답게 걷는다.• 스스로 아름다운 바이런의 여인과는 달리 나는 빛과 온기와 색채와 향기의 도움을 받아 아름답게 걷는다. 여기에서는 '결연해지기'가 쉽다. 식은 죽 먹기다. 그것이 일상적인 상태다. 내가 지금 개에 관한 글을 쓰고 있지 않다면 잠시 멈춰서 이곳으로 나를 데려온 친구를 축복하는 이유를 끝없이 늘어놓았을 테지만 그냥 지나가기로 한다.

• 영국의 대표적인 낭만파 시인 조지 고든 바이런(1788~1824)의 시 〈그녀는 아름답게 걷는다〉를 인용하고 있다.

핀처의 죽음

노비와 청키는 나와 함께 프로방스로 왔지만, 우리가 1년 내내 골프 코스에 있는 오두막에서 인동덩굴 집이 준비되기를 기다리는 동안 핀처는 너무 늙고 몸이 무거워져서 거의 움직이지 못하게 되었다. 나는 잘 알지 못하는 누군가에게 핀처를 맡기는 것보다 차라리 영원히 잠들게 하는 것이 오히려 나을 것 같다고 생각했다.

여전히 밥을 좋아하는 핀처가 나한테서 더는 밥을 얻어먹지 못하게 된다는 생각을 하면 몹시 고통스러워서 핀처에게 새집을 찾아주기 위해 내가 할 수 있는 모든 일을 다 했다. 그러나 내가 신뢰할 만한 사람 중에는 누구도 불쌍한 핀처를 원하지 않았다. 하나같이 청키라면 기꺼이 데려가겠노라고 말했다. 심지어 핀처를 내게 선물한 친구조차 핀처를 도로 데려가기를 거부했다. 옛날의 핀처가 아니고, 지금도 세 살밖에 안 됐지만 서른 살로 보인다는 이유로(나라고 그걸 몰랐을까?).

친구가 핀처를 유심히 살피고는 말했다. “보통 개가 한 살을 먹는 동안 핀처는 10년씩 늙는 것 같아.”

개에게 서른 살이란 나이는 없고, 마흔 살이라고 더 나을 것도 없었다. 아무도 핀처를 원하지 않고, 나는 데려갈 수 없으니 어쩔 수 없이 핀처를 잠들게 할 수밖에 없었다.

그러나 살아 있는 생물을 차가운 죽음으로 내몰다니. 오늘 이곳에서 저녁을 탐해가며 만족스러운 상태로 난롯가에 누워 코를 골고 있는 핀처를 어떻게 내 손으로 내일을 맞지 못하게 만들어버릴 수 있을까? 그럴 수 없었다. 나는 미루고 또 미뤘으며, 핀처는 또 다른 내일과 점점 질이 좋아지는 저녁 식사를 계속 맞이하고 있었다.

불쌍한 핀처. 그러다 오두막에서의 마지막 날, 휩스네이드라는 곳에서 수의사가 왔고, 불쌍한 핀처는 가장 좋아하는 것들로 차린 성찬을 마지막으로 배불리 먹은 뒤 고이 잠들었다.

핀처는 정원에 묻혔다. 나는 내 마지막도 그렇게 쉽기를 바란다. 그러나 5년이나 지난 지금도 핀처를 생각할 때마다 자책감이 든다.

이게 개에 관한 책이 아니라면 핀처처럼 저녁을 거나하게 먹은 뒤 세상을 하직한 우리 증조부와 증조부의 딸, 즉 내 고모할머니의 이야기를 더 자세히 했을 것이다. 그분들에게는 수의사가 필요하지 않았다. 대신 저녁 식사가 그 일을 해냈다. 사람들이 조심해야 한다고 경고했지만 증조부는 무시했다. 전하는 바에 따르면 증조부는 오리고기와 푸른 완두콩을 많이 먹으면 죽을 수 있다는 말에 전혀 신경 쓰지 않았다고 한다. 똑같이 고집스러워 남의 말을 잘 듣지 않는 고모할머니도 대구를 먹고 허망하게 죽었다는 비슷한 얘기가 전해진다. 그러나 나는 이 책에서 조상이 아니라 청키와 노비에 관한 글을 쓰고 있으므로 남쪽의 열정적인 장미 덩굴로 지붕까지 벌겋게 물든 집에서 새끼를 낳은 노비와 청키의 이야기로 되돌아간다.

성견이 된 청키는 짝짓기를 하고 싶어 했지만 나의 개입과 노비보다 키가 작다는 사실 때문에 계획이 번번이 수포로 돌아갔고, 좌절했다. 그러다 책략을 세워 기회를 넘보던 어느 날, 청키는 노비가 앞서 계단을 내려가는 걸 발견해 그 순간을 놓치지 않았고, 구 주 후 그 사랑의 결과물이 내 침실 소파에서 탄생했다.

노비가 다른 곳을 선택했으면 좋았을 텐데. 나는 노비

가 우리 집에서 분만하는 게 싫어서 출산 예정일을 앞두고 일찌감치 다른 곳을 물색해서 만반의 준비를 해두었었다. 그러나 내 계산에서 한 주가 어긋났는지, 어느 날 밤 조용히 책을 읽고 있는데 노비가 내 발치에서 자다 말고 갑자기 일어나 뱅뱅 돌더니 내 앞에 와 몸을 펴며 나를 쳐다보았다.

눈빛이 어찌나 강렬한지 책 표지가 뚫릴 지경이라 책을 내려놓고 노비에게 밖에 나가고 싶냐고 물어보았다.

노비는 꿈짝도 하지 않고 계속 나를 쳐다보았다. 그런 쪽으로 경험이 전무한 나는 다시 책을 읽기 시작했다. 그러나 집중이 되지 않았다. 책 반대편에서 응시하는 시선이 책을 뚫고 들어올 듯해 일어나 노비가 정원에 나갈 수 있게 방문을 열어주었다. 노비는 밖에 나가는 대신 내 침실로 바삐 올라가서 소파에 풀쩍 뛰어 올라가더니 새끼를 낳기 시작했다.

순식간에 집은 아수라장이 되었다. 집을 치우고 있던 하녀는 모든 걸 내려놓고 소파에서 일어나고 있는 일을 고래고래 소리쳐 알리며 뛰어 내려갔다. 나는 위층으로 부리나케 올라가 종을 울렸고, 종종걸음을 쳤다. 운전사는 수의사를 부르러 뛰어나갔다. 우리 중에 침착한 건 노비뿐이었다.

수의사가 도착하기 전에 노비가 보인 행동과 수의사가 도착하고 난 뒤 비로소 긴장을 풀고 뒷일을 맡긴 노련한 태도는 누가 봐도 초산이 아니라 열 번쯤은 새끼를 낳아 본 것 같았다. 노비는 새끼가 한 마리씩 나올 때마다 어떻게 해야 할지 정확히 알고 행동했다. 노비는 침착했고 수의사가 올 때까지 혼자 있기를 고집했다. 끝내 새끼를 여섯 마리 낳았지만 두 마리는 태어나자마자 죽었다. 수의사 말로는 소파 위에 뛰어 올라가는 바람에 그렇게 된 것 같다고 했다.

다음은 삼 주 뒤 살아남은 새끼 네 마리에게 당당하게 젖을 먹이고 있는 노비의 사진이다.

그리고 그다음 사진에서는 노비가 새끼 하나를 약간 걱정스러운 눈빛으로 책망하듯 바라보고 있다. 그 녀석은 결국 제일 악동이 되었다. 그다음 사진은 조금 더 지나 내 눈에는 잘 큰 것 같은 새끼들이 나한테 기어오르는 장면을 찍은 것이다.

나는 노비만큼이나 새끼들이 자랑스러웠다. 노비보다 새끼들을 더 사랑하면 사랑했지 덜 사랑하지 않았다.

그런데 아주 기이하게도 모성애 때문인지 노비는 청키

를 극도로 싫어하게 되었다. 아주 쉬운 분만은 물론 아니었던 것 같다. 그러나 노비가 청키에게 원한을 품은 이유가 출산의 극심한 고통 때문인 것 같지는 않았다. 어쨌든 노비는 청키가 옆을 어슬렁거리며 지나갈 때마다 무시무시한 표정을 지었고, 청키가 새끼들 쪽으로 눈길만 보내도 심하다 싶을 정도로 으르렁댔다.

암컷들은 보통 출산하고 나면 상상을 초월할 만큼 부드러워지는데 나의 온화한 노비는 오히려 포악하게 변해버린 것이다! 이전에 노비는 청키에게 있는 힘껏 헌신했고, 함께 놀아달라고 청키를 구슬렸고, 청키가 하는 장난에 번번이 웃음으로 화답해 청키를 으쓱하게 만드는 등 청

키를 눈앞에 두지 않고는 못 배겼다. 그 모든 걸 기억하는 나로서는 노비의 변화에 놀라지 않을 수 없었다.

개들은 항상 나 자신을 돌아보게 한다. 나도 결혼 전에는 남편 될 사람들이 읊어대는 재미있는 이야기에 웃곤 했는데, 아마 이 사진 속의 노비와 비슷하게 보였을 것이다. 당연히 결혼하고 그 얘기들에 익숙해지자 진심을 다해 웃을 수 없었다. 그러나 반복해서 들었기에 노비처럼 어느 시점에서 머리를 뒤로 젖히고 격하게 반응해야 하는지 알았다.

그러나 이 사진이 찍혔을 때 노비는 걱정 근심 없는 소녀 시절을 보내고 있었다. 새끼를 낳은 뒤로 노비는 더 이상 웃지 않았다. 청키는 아무것도 할 수 없었다. 개들만의 신비로운 방식으로 노비에게 장난을 걸 수도 없었고, 어떤 재미있는 농담으로도 노비를 웃게 할 수 없었다. 덜 예의 바르거나 덜 비굴한, 어쨌든 나보다는 더 정직한 노비는 청키에게 애써 웃어주지 않았다. 노비는 자나 깨나 새끼들 생각뿐이었다. 털을 비비는 작은 생명체들이 노비의 관심을 모조리 차지해버렸다. 그리고 나도 새끼들에게 집중할 수밖에 없었다. 강아지 네 마리가 기기 시작하자 상당한 주의가 필요했던 것이다.

한동안은 이 똑같이 귀엽게 생긴 새끼들을 다 키울 수 있을 거라고 믿었지만 새끼들이 커가면서 자신이 없어졌고, 강아지 여러 마리를 다루기는 점점 더 힘들어졌다. 결국 몹시 꺼림칙하고 애석하지만 강아지 두 마리를 친구들에게 분양할 수밖에 없었다.

그럼에도 내겐 아직 개가 네 마리나 있었고, 그 소문을 들은 지인들이 편지로 안타까움을 전했다. "너도 이제 점점 개가 돼가고 있는 것 같아." 개들이 뛰어다니고 털을 다듬고 먹이를 먹는 동안, 새끼들의 평화에 필수적인 배변 훈련에 집중해가며 넷에게 둘러싸여 있다보면 나 역시 아닌 게 아니라 점점 개가 돼가고 있는 것 같은 기분이 들

때가 있었다.

개 네 마리는 많아 보이는 게 아니라 실제로도 많았기에 지인들의 말이 놀랍지 않았다. 그럼에도 그들은 내가 개 네 마리 덕분에 몹시 기쁘고, 매시간 놀라며, 함께 운동을 해서 건강까지 얻게 됐다는 사실은 몰랐다. 물론 가끔 운동이 너무 과할 때도 있었다. 피곤할 때는 좀 젊어서 이런 일을 시작했어야 옳았다고 생각하기도 했다. 어쨌든 개 네 마리와 함께했던 18개월은 살면서 가장 숨 가빴지만 상당히 즐겁고 생기 넘치는 기간이었다.

나는 혈관을 도는 피가 걸쭉해진 것 같고 자주 권태로워지는 사람들에게 강아지 두 마리를 포함한 개 네 마리를 키워보라고 추천하고 싶다. 절대 하인들에게 맡기지 말고 반드시 직접 키우라는 말과 함께.

열세 번째와 열네 번째 개
우시와 윙키

마침내 키우기로 결정한 새끼 둘은 우시와 윙키였다. 윙키는 정말 똘똘하고 예민해서 일찌감치 내 개가 되리라 믿어 의심치 않았다. 얼굴 오른쪽이 검었고, 왼쪽 귀에 있는 크고 검은 점을 빼면 눈처럼 하얬다. 윙키는 다른 강아지들과 달리 일찌감치 내게 애정을 표하며 헌신했다. 오직 한 사람에게 충성하는 개였고, 철이 들자마자 내가 윙키의 바로 그 한 사람이 되었다.

이어지는 사진은 윙키가 한 살이었을 때 내 무릎에 앉아 찍은 것이다.

우시를 두고는 좀 고민했다. 다른 새끼 두 마리의 장점에 비춰 한동안 가늠했지만, 새끼 중에서 청키를 닮은 유일한 아이라 마침내 데리고 있기로 결심했다.

그러나 겉모습만 닮았던 모양이다. 나중에서야 알았지

만 실제로 우시의 외모에 이보다 더 큰 모순은 없었다. 청키는 매우 사랑스러운 개였지만, 우시는 그렇지 않았다. 둘의 털은 같았지만 성격은 딴판이었다. 나중에 이미 다른 둘을 보내버린 뒤에야 나는 외모가 비슷하다고 우시를 받아들인 내 근시안을 탓했다. 우시는 2개월이 되자 털을 빼면 매력적인 아버지와 닮은 점이 거의 없었다. 머리는 청키만큼 넓지 않고 좁은 데다 이상하게 울퉁불퉁했고, 청키는 눈빛이 온화하고 유하고 매력적이며 자기 방식대로 물 흐르듯 산다는 느낌을 주는 데 반해 우시는 거의 사시에 가까웠다. 내가 더 경험이 많았다면 우시의 머리 모양과 사시에 가까운 눈에서 위험 신호를 읽었을 텐데 오직 꼬불꼬불한 털 때문에 우시를 선택했던 것이다. 실제로 다른 개들과 어울릴 나이가 되자마자 우시는 천하의 악마 같은 기질을 유감없이 드러냈다.

다음은 윙키의 무해한 귀에 분명 나쁜 것을 속삭이고 있을 우시의 사진이다. 그런가 하면 그동안 우시의 아버지 청키는 못마땅한지 멀찍이 앉아 있다.

성자 같은 노비에게서 그런 자식이 나올 수 있을 거라고는 상상도 못 했다. 어쩌다 그렇게 밝은 부모가 악마 같은 아들을 낳았는지 여전히 수수께끼다. 오랫동안 나는 우시의 으르렁거림과 쩝쩝거림을 그저 장난으로 여기고 진지하게 받아들이지 않았다. 어쨌든 아직은 덩치가 작아서 소리나 행동이 크지 않았으니까. 그러나 점점 성장하면서 행동도 따라 커졌고, 어느 날 윙키가 아직은 우시보다 컸기에 망정이지 그렇지 않았다면 남아나지 않았으리

라는 사실을 깨닫고 충격을 받았다. 가끔 윙키가 찢길 때가 있었다. 나의 특별한 자랑거리였던 가운데에 검은 점이 있는 흰 귀는 늘 갈기갈기 찢길 위험에 처했고, 나는 곧 오랫동안 장난이라고 생각했던 일에 개입해야 했으며, 곧 우시가 극심한 갈등을 유발하는 작고 못된 개라는 사실을 인정해야 했다.

특히 우시가 차 안에서 싸움을 시작할까봐 노심초사하는 게 가장 힘들었다. 나는 새끼들이 조금 크면서부터 매일 오후 3시에 노비와 청키와 함께 새끼들을 차에 실어 데리고 나갔다. 오후 5시부터 새벽 1시까지는 코트다쥐르• 전체를 쥐락펴락하는 사교 활동에 휩쓸리기 쉬워서 그 전에 개들을 살피려는 거였다. 나는 안전하게 뛰어다닐 수 있도록 큰 도로에서 멀리 떨어진 숲과 벌판으로 개들을 데려갔다. 산책하러 가기 위해 차가 도착하면 개 네 마리가 바로 차 안으로 뛰어들었다. 세 마리는 뒷좌석을, 노비는 내 옆 조수석을 차지했다. 다른 개들은 얌전하고 조용히 앉아 있는 가운데 자주 우시가 싸움을 시작하곤 했다.

개들이 싸우는 차를 운전하는 일은 무척 불쾌하다. 그보다 더 무섭고 힘든 일은 없다. 차를 멈추고 개들을 길에 내려놓으면 차에 치일 위험이 있다. 차를 멈추고도 개들을 밖으로 내보내지 않으면 정도의 차이는 있지만 거의 틀림없이 어디가 찢어지거나 피를 보게 된다. 그러나 대체로는 내보내지 않는 편이 더 안전했다. 나는 그 상황에서 내가 감당할 수 있을 만큼 최대한 흔들림 없이 길가에 차를 세워 다른 차들과 충돌하지 않도록 안전을 확보한 다음, 몸을 돌려 계속 싸우면 혼낼 거라고 협박해가며 뒷자리에서 한 덩이가 되어 싸우고 있는 녀석들을 떼어내고자 최선을 다했다.

노비는 싸우지 않았고, 싸움이 계속되면 괴로워하며 최

● 프랑스 남동부, 지중해 연안의 휴양지.

대한 구석으로 몸을 웅크렸다. 청키는 싸움을 걸지는 않았지만 일단 싸움이 시작되면 도전을 마다하지 않았다. 오히려 몸을 던졌고 끝까지 최선을 다해 싸워서 나를 겁에 질리게 했다. 청키의 배는 매우 작고 둥글고 쭉 뻗어 있어서 성난 아들들이 이빨을 드러내고 싸우다가 자칫 빗나가면 청키의 배를 뚫을 수도 있었다. 소리와 폭력적인 분위기로는 아무도 살아서 차 밖으로 나가지 못할 것 같지만, 다행히 배에 구멍이 나거나 우리 중 누구도 심하게 다치지는 않았다. 집으로 돌아올 때는 개들도 신나게 달리며 힘을 쓴 다음이라 평화가 유지되었고 비교적 안정된 상태로 도착할 수 있었다.

그러나 이 상태에 이르기까지 개들이 얼마나 많은 운동을 해야 했겠는가! 모든 종을 통틀어 테리어들이 가장 활기에 넘치는 족속들이 아닐까 싶다. 이 개들이 힘세지는 데 보조를 맞추기 위해서 매일 하는 우리의 산책도 길어졌다. 개들이 서로 잡으려고 뛰어다니는 동안 나는 나무 그루터기에 앉아 운동을 피해보려 했지만 소용이 없었다. 내가 앉기만 하면 개들은 무엇을 하고 있었든 그 일을 바로 멈추고 저희들도 엎드려서 초조한 듯 꼼지락거리고 낑낑거리고 벌벌 떨며 내가 다시 일어나 걸을 때까지 꼼짝도 하지 않았다.

정말이지 피곤했다. 그들은 만성절•인 11월 1일에 태어났고, 4~5월이 되자 몸도 커지고 힘도 세졌다. 내가 개들처럼 격렬할 정도로 활동적이기는 결코 쉽지 않았다. 그러나 그건 개들이 전혀 상관할 바가 아니어서 날렵하고 우아한 노비가 앞장서고, 다리는 짧지만 지치지 않는 청키가 뒤따르는 가운데 개들은 더위 따위는 아랑곳하지 않고 들판을 종횡무진 누볐다. 나는 네 마리의 흰 동물을 잃어버리지 않는 것만으로도 감사하며 한참 뒤에서 힘겹게 따라갔다.

내게 우리의 외출에서 유일하게 즐거운 순간은 차로 돌아올 때였다. 개들이 안전하게 차에 올라타면 나는 비로소 안도의 한숨을 쉬며 운전석에 앉아 적어도 그날만은 더 걷지 않아도 된다는 사실을 신에게 감사했다. 그리고 아닌 게 아니라 그런 매일의 노력에 대한 보상도 사실 컸다. 그들은 내 팔다리를 늘어나게 해주었고, 밝아지게 했고, 아무도 원하지 않는 군살이 붙지 않게 해주었으며, 숨

• 모든 성인을 찬미하는 축일로, 가톨릭교회에서는 '모든 성인의 축일'이라고도 한다.

이 차고 살이 찌는 시기를(나는 살이 잘 찌는 체질이다) 늦춰 주었다. 그리고 확실히 나는 그때까지 가만히 앉아 있는 게 그렇게 달콤하고 기쁜 일인지 몰랐다.

“너 요즘 나날이 살이 빠지고 있다던데, 앙상한 건 너한테 안 어울려. 그게 다 그 개들 때문이잖아.” 친지들이 편지에 썼다.

위의 사진은 외출했다가 집에 도착해 차에서 내리려고 기다리고 있는 모습이다. 왼쪽부터 노비, 청키, 윙키, 그리고 우시다.

이 조용한 순간에도 우시는 나쁜 짓을 할 기회를 넘보고 있으리라는 생각을 하지 않을 수 없다.

우시의 죽음

그럼에도 우시가 죽었을 때 나는 슬펐다. 그해 여름 나와 함께 머물던 천재 친구는 어떤 상황에서도 우아한 시구를 뚝딱 만들어냈고, 우리 집과 우리 집 구성원들에 관해 이런 글을 썼다.

> 이곳은 은혜와 묵상의 집이다.
> 또한 노비와 칭키와 윙키와 우시의 집이기도 하다.

맙소사, 그 시도 우시를 오래 머무르게 하지는 못했다. 이행시의 잉크가 채 마르기도 전에 우시가 비참하게 죽어버렸다. 불쌍한 우시에게는 시가 더는 적용되지 않았다. 우시는 복종하지 않고 반항만 하는 못된 버릇 때문에 서둘러 죽음에 이르게 됐지만, 그렇다 해도 덜 고통스럽지는 않았다.

일찍부터 우시는 누구에게도 복종하지 않으려는 경향이 뚜렷했다. 내가 숨이 끊어지도록 휘파람을 불고, 이름을 외치고, 협박하고, 애원하고, 꼬드겨도 우시는 그 순간 관심 가는 일을 거침없이 계속하곤 했다. 우시를 잡으려고 별 굴욕적인 방법을 다 써서 마침내 데려온 다음 내가 겁이라도 주려고 때리는 시늉을 하면 지레 자기가 나를 물려고 했고, 가끔 실제로 물기도 했다. 더는 도망가지 못하게 하려고 목줄을 매놓으면 꼼짝 않고 앉아서 끌어당기기 전까지는 미동도 하지 않았다. 나는 우시를 끌고 갈 엄두가 나지 않았고, 당연히 우시는 움직이지 않았다. 그러다 '밀당'에서 진 나는 목줄을 풀고 우시를 들어 올린 다음 화가 나서 으르렁대며 몸을 뒤트는 우시를 억지로 안고 얼마 동안 걸어갔다. 우리는 함께 가야 하고 위험하게 혼자 달려 나가면 안 된다는 것을 보여주기 위해서였다.

그러면 뭘 하나! 내가 내려놓자마자(그렇게 몸부림치는 개를 오래 안을 수 있는 사람은 아무도 없어서 금세 내려놓을 수밖에 없었다) 우시는 다시 달려갔고, 매우 순종적인 윙키까지 가끔은 우시를 따라 달아나곤 했다. 그러나 윙키는 부르면 쉽게 되돌아왔다. 윙키는 내가 가까이 있어야 행복해하는 개였고, 차에서 내린 흥분에 잠시 다른 개들에게 휩쓸렸지만, 무리 중에서 윙키만 유일하게 이따금 멈춰 서서 내가 따라오고 있는지 확인하곤 했다. 그래서 윙키는 경험 많은 부모만큼 안전하게 길을 건넜고, 도착해서는 내가 올 때까지 기다린 다음 명령에 따라 나와 함께 서둘러 그곳을 지나갔다.

하지만 우시는 나를 기다리거나, 길을 건널 때도 서두를 생각은 아예 하지 않았다. 우시가 느긋해 보이는 유일한 경우가 도로 한가운데 있을 때였다. 절대 어정거리지 않는 녀석이 그곳에서는 관심 가는 물건을 주의 깊게 관찰하고 냄새를 맡으며 꾸물댔고, 모퉁이에서 튀어나와 가차 없이 돌진하는 무자비한 차들 따위는 존재하지 않는 것처럼 행동했다.

그러다 우시가 죽었다. 어느 날 다른 개들과 나는 보통 때처럼 꽤 조용해 보이는 길을 서둘러 건너고 있었고, 우시는 늘 그러듯 길 가운데에서 어정거리고 있었다. 반대편에 도착해서 내가 이름을 부르고 휘파람을 불었지만, 그날도 우시는 전혀 들은 체하지 않았다. 그곳은 아직 한 번도 차가 지나가는 걸 본 적이 없는 한가한 시골길이어서(국도변이었다면 그랬겠지만) 당장 돌아가 우시를 데려오는 대신 세이지 덤불과 시스투스들을 통과해 몇 발자국 걸으면서 어깨 너머로 "착하지, 어서 온!" 하고 열심히 설득했다. 그리고 그 몇 걸음 때문에 차가 모퉁이를 돌아 돌진할 때 우시를 제때 구하지 못했다.

내가 우시에게 달려가기도 전에 차가 덤벼들었고, 차는 도로에 누워 있는 것에는 조금도 관심을 두지 않고 계속 가던 길을 갔다. 내가 도착했을 때 우시는 아직 살아 있었지만 의식이 없었다. 나는 우시를 안고 겁에 질린 다른 개 세 마리를 뒷좌석에 밀어 넣고는 가장 가까운 동물 병원으로 미친 듯 차를 몰았다.

병원으로 가는 도중에 짓이겨진 불쌍한 개는 의식을 회복했고, 곧 공포에 떨기 시작했다. 우시가 더 아파할까봐 나는 속도를 줄였고 자칫 제때 동물 병원에 도착하지 못할까봐 겁이 났다. 또 도착했는데 수의사가 없으면 어쩌나 걱정이 됐다. 오, 살면서 깊이 감사한 때가 몇 번 있었지만, 수의사를 발견했을 때보다 더 안도한 적은 없었다.

우리는 힘 모아 불쌍한 어린 개를 수술대로 옮겨놓았다. 이제 조용해진 우시는 옮겨둔 대로 가만히 누워서 평소에는 거의 주의를 기울이지 않던 내게 온 힘을 끌어모아 눈을 맞췄다. 이 끔찍한 마지막 순간에 내가 그 개의 유일한 희망이었다. 참 대단한 희망이었다! 머리를 쓰다듬으며 "곧 괜찮아질 거야. 곧 나을 거야"라고 귓속말하는 것 외엔 아무것도 해줄 수가 없는 나는, 수의사가 어서 끔찍한 고통을 끝내주기를 필사적으로 바랐는데.

그럼에도 우시는 나를 이해하고 믿는 것 같았다. 약 기운으로 눈이 서서히 흐려질 때까지 내 얼굴에서 눈을 떼지 않았다. 우시는 너무 심하게 다쳐서 살 수 없었다. 다 끝난 뒤 나는 수의사에게 차에 타고 있던 사람들에 관해 물어보았다. 힘겹게 덤불을 헤치고 나오면서 그들이 뒷창문 밖으로 내다보며 별일 아니라는 듯 차를 몰고 가버리는 것을 보았기 때문에 그들이 한 짓을 아는 수의사에게 세상에 어쩌면 그런 사람들이 다 있는지, 그런 사람들이 용서를 받아야 한다고 생각하는지 물어보았다.

그는 어깨를 으쓱했다. "어쨌든 부인, 그냥 개니까요." 수의사가 말했다.

수의사에게 부탁해 받은 천으로 우시를 싸서 발치에 두고, 집으로 차를 몰고 오면서(한 번도 조용했던 적이 없는 우시가 이젠 너무나 조용했고 영원한 침묵으로 순응했다), 처음으로 삶은 잔인함과 고통이요, 죽음은 유일한 위안이고 확실한 해방이라는 생각을 했던 것 같다. 살면서 몇 차례 고통스러운 시간이 있었지만 나는 대체로 운이 좋고 행복한 사람이었기에 삶을 높이 평가했는데 이 모든 것을 겪고 나서는 죽음을 존중하기 시작했다. 마침내 끝났다. 비참한 고통으로부터 안전하게. 운전하는 동안 내 마음은 속 편한 사람들이 병이라 부를 만한 방향으로 내달렸다. 다시 말해서, 인생의 적나라한 진실을 깨닫게 되었다는 말이다. 그리고 나는 죽은 개를 데리고 달리 어떻게 해야 할지 알 수 없었다. 한 시간 전만 해도 삶을 열정적으로 즐기던 생명체가 이제 죽어서 끔찍할 만큼 온순하게 내 발치에 누워 있었고, 나는 할 수 있는 게 없었다. 우시는 죽었지만 나는 우시를 죽이고도 터무니없을 정도로 비정하고 불친절했던 인간의 행동에 대해 우시에게, 그리고 모든 불쌍하고 힘없는 생명체에게 용서를 구하고 싶었다.

가는 길에 당나귀를 만났다. 가재도구 더미 위에 앉아 말을 모는 몸집이 거대한 남자를 위해 작은 체구로도 최선을 다해 굳세게 걸어가고 있었다. 최선을 다한다고 해도 채찍을 피하지는 못했다. 주인은 힘껏, 자주 당나귀를 때렸다. 그걸 보며 과로한 당나귀, 발에 차이는 개, 털북숭이 고양이에게 이곳은 분명 악마의 세상일 것 같다는 생각을 했다.

그러나 집에 도착하자 남부의 여름 저녁에 흔히 볼 수 있는 천상의 평화가 내려앉아 있었다. 악마들이라고? 그런 말은 잔인무도했다. 순금색 석양이 진 뒤에도 하늘은 여전히 어슴푸레했다. 하늘을 배경으로 한 부드럽고 어두운 마시프 에스테렐•의 들쑥날쑥한 윤곽이 진주색 바다로 이어졌다. 검고 고요한 사이프러스들은 신의 영광을 영접한 근엄한 목격자처럼 미동도 없이 서 있었고, 온 세상이 마치 저녁기도를 드리고 있는 것처럼 고요하고 성스러웠다. 당연히 온 세상이 그렇지는 않았다. 우시를 죽인 사람들은 그때쯤 차로 몬테카를로에 도착해서 필시 기도 아닌 다른 일을 하고 있을 터였다. 그리고 이제 막 창의 불빛이 켜지기 시작한 소작농의 집에서도 신의 영광을 노래할 이유는 거의 없을 것 같았다.

그렇다면 그건 도대체 어떤 세상일까? 나는 크게 당황한 채 주변을 둘러보며 자문했다. 이 아름다움은 그저 조롱에 불과한 것인가? 무력한 어린이들에게 행해지는 나쁜 농담일 뿐인가? 공포 위에 드리워진 예쁜 담요 같아서 모

• 프랑스 리비에라에 있는 지중해 연안의 산맥.

서리만 들춰도 너무나 끔찍한 것이, 이를테면 고통이나 잔인함이 드러나 아무도 다시 평화로워질 수 없는 것인가?

정원사가 우시를 묻는 것을 도와주었다. 소리 하나 내지 않고 우리는 묵묵히 우시를 묻었다. 질문도 없었고, 설명도 없었다. 다 묻고 나니 남녘의 황혼이 저물고 별이 떴다.

어둠의 그림자 없는 단순함과 명료함…….

시인들이란.

다음 장의 사진은 이듬해 겨울에 남은 개 세 마리와 찍은 것이다. 내 오른팔에 안긴 것이 청키, 왼쪽 품에 있는 게 노비, 무릎에 매달려 서 있는 개가 윙키다. 셋 모두 카메라를 든 남자가 하는 일이 불편한 듯하면서도 관심을 보이고 있다.

이들은 이제 내게 가슴 아프도록 소중했다. 노비와 윙키는 말을 아주 잘 들었고, 청키는 명령에 즉각적으로 반응하지는 않았지만 매우 영리하고 길에서도 다루기 쉬웠기 때문에 우시 같은 운명에 처할까봐 두렵지는 않았다. 우시가 죽은 뒤에 우리는 더 가까워졌고 서로에게 더 집

중했다. 싸움은 옛말이 되었다. 훈계는 필요조차 없었다. 손 하나 들 일이 없었다. 평화로운 분위기에서 지능과 기민함이 발달해서 윙키는 그야말로 놀라운 개가 되었다.

예를 들어 어느 날 밤에 윙키가 아주 불쾌하고 힘든 상황을 다룬 방식은 자못 놀라웠다. 그날 나는 잠에서 깨어

나 웡키가 자기 바구니에서 나와 토할 것처럼 몸을 들썩이는 걸 봤고, 새 카펫을 산 지 얼마 되지 않았기에 정신나간 암탉처럼 방 여기저기를 뛰어다니며 웡키를 어디로 보내면 좋을지 고민했다. 발코니로 이어지는 문으로 갔다가, 통로로 이어지는 문으로 갔다가 우왕좌왕했다. 그러나 웡키는 두 번이나 몸을 들썩이면서도 자기가 어떻게 해야 하는지 잘 알고 있는 것 같았고, 고개를 돌려 '소란 부리지 마요. 내 일은 내가 알아서 해요'라고 말하듯 나를 쳐다보더니 여전히 몸을 들썩이면서도 정신을 바짝 차리고, 곧장 욕실로 들어가 변기 앞에 자리를 잡고서 조심스럽고 기술 좋게 토하기 시작했다.

그런 개를 가슴 아프도록 소중하게 여기지 않기는 불가능하다. 웡키는 지혜롭고 자제심이 강했고, 게다가 나만 사랑하는 껌딱지라는 매력까지 있었다. 각별한 사랑을 받는다는 건 굉장한 일이다. 살면서 그런 일이 생길 때마다 나는 정말 기뻤다. 웡키와도 그런 감정이 지속되었다. 웡키는 결혼 서약을 수행하듯 다른 것을 모두 포기하고 나만을 선택했고 나에게 전심전력을 다했다.

웡키는 다정하고 예쁜 눈을 내게서 거의 떼는 법이 없었다. 잠자리에 들어서 마지못해 눈을 감아야 할 때도 마음속으로는 나를 생각하는지 나의 아주 작은 움직임에도 퍼뜩 눈을 뜨고는 내가 원하는 게 있는지, 자기가 할 일이 있는지 묻는 듯한 표정으로 나를 보았다. 윙키는 내가 어디에 가든 함께했고, 내가 앉은 곳이면 어디든 뛰어올라 머리를 내 무릎에 올리고 가까이에서 나를 지켜주었다.

정말 사랑스러운 개였다. 코코를 제외하지 않고도 모든 개 중에서 나는 윙키를 가장 사랑했다. 내가 이 문장을 과거형으로 쓰는 이유는 윙키가 죽었기 때문이다.

사랑했지만 더는 내 곁에 없다.

윙키의 죽음

인생과 마찬가지로 이 책에서도 죽음 얘기를 피할 수는 없다. 이상하게 좋아하는 개일수록, 아끼는 개일수록 더 빨리 죽어버리는 경향이 있다. 좋은 소리 하나 듣지 못하는 우유 배달부의 개는 늘 묶여 있고 걸핏하면 굶는데도 오래 산다. 어떤 셰퍼드는 내가 여기 산 5년 내내 위험한 장소에 방치됐지만 차에 치이지 않았다. 우편배달부의 늙은 사냥개는 너무 일을 많이 해서 기는 것조차 힘들어 하지만 여전히 살아 있다. 오직 윙키만, 늘 내가 지켜보고, 보호하고, 사랑한, 한창 전성기를 구가하던 윙키만 죽었다. 도처에 있는 모든 개 중에서 하필이면 윙키만 진드기에 물렸다. 지나가는 개에게 들러붙어 죽음에 이르게 하려고 잔디와 덤불에서 기다리는 수백만 진드기 중 하나가 하필 윙키에게 붙어버린 것이다. 그래서 이 이야기와 내 인생에 또 다른 무덤 하나가 추가되었다.

웡키의 죽음으로 매우 불행했고 한동안 너무나 외로웠지만, 우시가 죽었을 때 나를 압도했던 이상한 고통과 공포는 느껴지지 않았다. 웡키의 죽음에는 의식적인 잔혹함이 없었다. 진드기에게 분개할 수는 없다. 우리처럼 진드기도 살아야 하고, 그들이 강아지에게 들러붙어야 가장 편하게 살 수 있도록 정해둔 자연을 거스를 수야 없으니까. 진드기에 관한 한 이제 나는 끝없이 체념하고 이해하며, 남은 개들에게 진드기가 붙지 않았는지 끝없이 확인하고 살핀다. 분개하지는 않았지만 철저하고 무자비하게 진드기를 추적한다. 얼마나 열정적으로 잡아냈는지 나중에는 웬만큼 똑똑하지 않은 진드기는 내 족집게를 피할 수 없었다.

이렇게 한다고 해서 웡키가 돌아오지는 않는다. 그리고 나는 지금처럼 진드기를 이해하고 잡는 기술을 익혀서 꾸준히 관리했다면 웡키를 구할 수 있었을지도 모른다는 사실에 가슴이 아프다. 또 4월부터 10월까지 뜨겁고 위험한 기간 동안은 개들을 떠나지 않았어야 했다고 후회한다. 그러나 다들 잘 자고 잘 먹고 잘 놀아서 괜찮다고 생각했고, 웡키가 다른 개들만큼 뛰어다니지 않는데도 더워서 영리하게 행동하는 거라 여기며 그해 여름에 한 번 개들을 떠나 코르시카•로 짧은 여행을 갔다.

좀처럼 여행을 가지 않는 내가 하필이면 이때 여행을 간 이유는 8월이었고, 8월에는 내 생일이 있으며, 포메라니아에서 배운 교훈에 따르면 생일은 가장 중요한 행사여서 무슨 일이 있어도 그냥 지나치면 안 되기 때문이었다. 이 가르침이 내게 얼마나 단단히 박혔던지 아무리 노력해도 무시할 수 없었다. 몇 해가 흘렀지만 아직도 그날이 다가오면 축하받고 싶은 욕구와 뭔가 놀랄 만한 일을 하고 싶은 충동을 비롯해 흥분과 기대가 내 안에서 용솟음친다. 포메라니아 사람들은 생일이 인생의 여러 기념일 중에서 가장 중요한 날이어서 스스로를 해방시키는 것이 특권이자 의무라고 주장했고 나는 그걸 무시할 수 없었다.

따라서 매년 나는 세심하게 주의를 기울여 갈 곳을 찾는다. 하지만 여러 해가 지남에 따라 그럴싸한 장소가 몇 군데 남지 않게 되었다. 그리고 나는 촛불과 케이크로 그날을 기념하고 내 기분을 좋게 해줄 아이나 남편이 없이 나 혼자라는 사실 때문에 문제가 한층 더 어려워졌다. 나

• 지중해의 프랑스령 섬.

는 지난해 생일을 침대에서 불평하며 보냈다. 축제 분위기가 나면서도 무모하고 동시에 훌륭한 활동을 찾기가 불가능해 보여서였다. 그러다 이전 생일에 칼비•에 있던 몇몇 젊은 여자 친구가 세계에서 가장 완벽한 해변에서 함께 시간을 보내자고 초대하는 메시지를 보내왔을 때, 나는 이 제안을 내 고민을 듣고 신이 내린 해결책으로 받아들여 바로 코르시카로 떠났다.

코르시카는 바다가 잔잔할 때는 니스••에서 여섯 시간밖에 걸리지 않고(잔잔하지 않을 때는 훨씬 많이 걸린다), 니스는 내가 있는 곳에서 차로 한 시간 거리여서 가벼운 마음으로 별다른 걱정 없는 다른 사람들과 함께하기 위해 일주일간 집을 비웠다. 개와 가사의 의무에서 벗어나기에 일주일은 그리 긴 시간이 아니라고 생각했지만, 윙키에게는 너무 길었고, 내가 집에 왔을 때는 이미 목숨을 구할 수 있는 시기를 넘긴 상태였다.

나는 윙키가 더위로 탈진한 거라 생각하고 윙키에게 강장제를 놓아달라고 수의사에게 부탁했다. 수의사는 당장

• 코르시카에 있는 도시.

•• 프랑스 남동부의 휴양지.

윙키의 잇몸과 혀를 보더니 "큰일 났네요"라며 나를 차가운 공포로 몰아넣었다.

정말 큰일이었다. 이제 처음으로 들여다본 윙키의 잇몸과 혀는 눈처럼 하얬고 수의사는 윙키가 이 지역에서 다른 어떤 것보다 더 무서운 질병인 치명적인 진드기병에 걸렸으며, 그 병에 걸리면 체내로 피를 흘리다 결국은 죽는다고 설명했다. 천천히. 매일 조금씩 견딜 수 없을 정도로 몸이 약해지고 차가워진다고 했다.

윙키의 죽음에 대해서는 상세하게 말하지 않겠다. 아직 그 얘기를 할 수는 없다.

어제 창밖으로 일상적이지 않은 비가 노란 잎사귀에 뚝뚝 떨어지고 있는 어둑어둑한 정원을 바라보다가, 우리가 마지막 몇 시간을 함께 보낸 그곳에 눈길이 머물렀다. 윙키는 의자에 누워서 이제 다시는 뛰어다니지 못할 들판을 초롱초롱하면서도 슬픈 눈으로 바라보고 있었고, 나는 그 옆 잔디에 앉아 핏기 없이 싸늘한 윙키의 발을 잡고 6시에 와서 윙키를 잠재워줄 수의사를 기다리고 있었다. 그 때로부터 얼마나 지났는지 세어보니 어제가 윙키를 보낸 지 딱 십 주 되는 날이었다. 그러니 아직 얼마 지나지 않았고, 제대로 생각을 하기도 어렵다.

그나마 위안이 되는 것은 그 끔찍한 질병의 마지막 단계를 짧게 해줌으로써 더 이상의 고통을 막았다는 점이다. 그래서 윙키가 극심한 고통은 알지 못했다고 생각한다. 항상 행복했던 윙키는 마지막 순간까지 이상할 정도로 눈이 초롱초롱하면서도 슬퍼 보였다. 윙키는 꾸중을 들은 적이 없다. 처음부터 끝까지 칭찬만 들었다. 윙키의 짧은 생은 훌륭한 개가 누릴 수 있는 것으로 가득했고, 마지막에도 그럭저럭 큰 고통은 없었다. 내가 누우라고 하자 윙키는 익숙하게 내 무릎을 베고 누웠고, 그렇게 잠들었다. 별다른 걸 알기도 전에 깊은 잠에 빠졌다.

이제 내 열네 번째 개에 이르렀고, 이렇게 이 기록은 끝난다. 처음에 총 열네 마리 개가 있었다고 설명했고, 열네 번째 개가 내 침실 소파에서 태어난 날부터 내 무릎에서 죽은 날까지의 짧은 생을 훑었으니 더는 할 말이 없다.

다음 사진은 왜 윙키가 돌아오지 않는지 이해할 수 없어 상실감에 빠진 채 아들을 기다리는 부모의 모습이다.

윙키가 죽고 처음 며칠 동안 개들은 매일 아침 밖으로 나오자마자 정원에 있는 윙키의 의자 위로 뛰어올랐다.

거기에서는 윙키가 올지도 모를 여러 갈래 길이 더 잘 보였다. 그 위에서 둘은 몇 시간이고 하염없이 앉아 있었다. 노비가 한쪽을 보면 청키는 다른 쪽을 바라보았고, 아무리 밥 먹으러 가자고 설득해도 듣지 않았다.

그리고 다음은 얼마 후에 나와 단둘이 있는 청키의 사진이다. 청키와 단둘이 보낸 시기는 삼 주 정도였는데, 서로의 위로가 절실했던 그때 불행하게도 노비는 없었다. 노비는 청키의 관심에서 벗어나기 위해 1년에 두 번 친구를 방문했는데 하필 그때 그곳에 가야 했던 것이다.

사진에는 청키가 다시 활기를 되찾은 것처럼 보인다. 처음에 노비마저 떠나버리자 청키는 몹시 낙담하고 당황

스러워했다. 나는 청키를 위로하기 위해 매일 오후 다른 길을 택해 바다로 가서 청키가 평소 좋아하던 수영과 모래에 구멍 파기를 할 수 있게 해주었다. 그렇게 며칠을 보냈더니 반갑게도 내가 평소에 그렇게 감탄해마지않는, 절대 포기를 모르는 삶의 자세가 청키에게서 되살아났다.

나는 잘 몰랐지만 확실히 청키는 결연했다. 어떤 좌절을 겪었든 온전한 정신이 돌아오자마자 다시 삶을 직면할 준비를 했다.

온전한 정신이란 뭘까?

청키에게는 자기가 맡은 일을 분명히 해내고 마지막까지 활기차게 꼬리를 흔들어대는 것이라고 생각한다.

자기한테 없는 것을 걱정하기보다는 자기가 가진 것을 최대한 활용할 줄 아는 현명하고 분별 있는 개. 바닷가에서 오후를 보내며 바위 위에 앉아 곰곰이 생각해보니 내가 청키보다 덜 이성적이고 덜 건전하며, 어떤 타격이 오기도 전에 먼저 꺾인다면 몹시 부끄러울 것 같았다.

그래서 나는 또 다른 맹세를 했다.

해설

예술가를 성장시킨 네발 달린 동반자들

엘리자베스 폰 아르님의 개 열네 마리

존 스타인벡은 '찰리'라는 푸들을 자신의 차 '로시난테'에 태워 4개월 동안 미국 구석구석을 누빈 경험으로《찰리와 함께한 여행》을 썼고, 도러시 파커는 평생 개들과 함께하며 그중 한 마리의 이름을 '클리셰'라 지었다. 그 개가 집만 나서면 발에 차일 만큼 많은 검은색 프렌치푸들이었기 때문이다. 트루먼 커포티는 잉글리시불도그를 특별히 좋아해서 '벙키', '매기', '찰리' 등 수많은 잉글리시불도그를 키웠다. 그 밖에도 파블로 피카소는 '럼프'라는 닥스훈트를, 앤디 워홀은 '아치'라는 닥스훈트를 사랑했다. 조선 초기의 화가 이암은 개와 고양이 같은 동물 그림을 자주 그렸으며 유작 역시 어미 개와 아기 개를 그린 〈모견도〉였다. 동서양을 막론하고 고래로 예술가의 곁에는 '인간의 가장 좋은 친구'인 개가 자주 함께했다. 그중에서도 엘리자베스 폰 아르님은 평생 가장 많은 개를 데리고 있었던 예술가 중 한 명이 아닐까 한다. 열네 마리나 되었으니.

엘리자베스 폰 아르님은 빅토리아 시대 중반인 1866년에 호주에서 태어났다. 어릴 때 이름은 메리 애넷 뷰챔프였고, 1891년 독일 귀족과 결혼해 폰(독일이나 오스트리아에서 무슨 무슨 가문 출신이라는 뜻으로 성 앞에 붙이는 전치사다) 아르님이라는 이름을 얻었다.

빅토리아 여왕이 통치한 64년 동안 영국은 '해가 지지 않는 나라'라는 별칭으로 불렸을 만큼 역사상 전무후무한 전성기를 누렸다. 특히 상류층은 제1차 세계대전으로 전근대적 귀족 체제가 붕괴될 때까지 정치·경제적으로 막강한 영향력을 가졌다.

그러나 이 시대 여성들은 사정이 달랐다. 경건하고 순수하고 순종적이고 가정적이기를 강요당했다. 전반적으로 지적 활동이 장려되었지만 여성들에게는 적용되지 않았다. 동등한 교육을 받을 수 없으니 같은 일을 할 수 없었고 남성 고유의 영역에 여성이 진입하는 것 자체가 쉽지 않았다. 여성들은 주로 집 안에서 가사를 돌봤고 옷차림과 행동에 있어서도 엄격한 규정과 기준이 덧씌워졌다.

이러한 시대적 특징은 여성 작가들에게 위기와 기회를 동시에 가져다주었다. 이 시기의 여성 작가들은 남성 중심의 문학계에서 제대로 가치를 인정받지 못해 남성 작가로 가장해서 글을 쓰는 경우도 있었다. 그러나 적지 않은 여성 작가들이 가부장적인 가족 관계나 결혼 제도, 여성의 사회적 지위와 역할에 대한 불편한 진실과 불평등 등을 고발했고 여성들이 목소리를 낼 수 있게 도왔다. 아르님도 스무 권에 달하는 소설을 통해 특유의 재기 발랄한 문체로 사회의 부조리와 여성이 처한 현실을 드러냈다.

특히 두 권의 자전적인 소설로 자신이 처한 현실과 문제의식을 가감 없이 드러냈다. 대표작인《엘리자베스와 그녀의 독일 정원》에서 지적이고 독립심 강한 상류층 여성 엘리자베스는 부유한 독일인과 결혼해서 남편의 시골 저택이 있는 포메라니아로 간다. 그곳에서 엘리자베스는 정원을 가꾸며(그 안에 당연히 개도 있다) 사유와 반성을 통해 자연을 사랑하게 되고 사회의 규제로부터 탈출을 꿈꾼다. 아르님은 이를 통해 여성의 독립, 자기 발견, 행복의 추구를 이야기하며 "바느질과 옷 만들기는 여성들을 학문에서 멀어지게 하기 위해 디자인된 악마의 일"이라고 썼다.

《내 인생의 모든 개》에서 아르님은 독일인 첫 남편을 나이 차이가 많이 나는 너그러운 사람으로 표현했지만 실제로는《엘리자베스와 그녀의 독일 정원》에서 '분노의 남자'라고 묘사할 만큼 성격이 과격했고 사기죄로 투옥되기도 했으며 부부 사이도 좋지 않았다고 전해진다. 첫 남편은 어린 신붓감의 환심을 사기 위해 개를 선물했지만 결혼한 후에는 아내가 개들과 함께 있을 때 자유를 느끼고 답답한 현실에서 벗어나 숨통을 튼다는 사실을 인정하지 않았고, 개를 해롭고 성가신 존재로 치부했다. 아내를 이해하려는 노력조차 하지 않았다.

1921년에 쓴 또 다른 자전적 소설《비라》는 비참한 두 번째 결혼과 관련된 내용을 다뤘다. 젊고 순진한 여자가 병적 나르시시스트인 남편의 힘에 굴복하는 과정을 그린 심리 스릴러로, 아르님의 재기 발랄하고 유쾌한 다른 작품들과는 분위기가 사뭇 다르다. 그러나 아르님은 스스로 《비라》를 최고의 작품으로 꼽았다.

아르님은 《내 인생의 모든 개》가 자서전이 아님을 여러 번 밝혔다. 이야기가 산만해지는 것을 막아 선택과 집중을 하고 싶었을 테고, 구구절절한 인생의 파고를 굳이 낱낱이 밝히고 싶지도 않았을 테다. 그녀는 《비라》의 주인공이자 '운명'이라고 칭한 두 번째 남편과 짧고 불안정한 결혼 생활 끝에 이혼한 후로도 여러 남자와 부적절한 관계를 맺었다. 이런 일련의 과정을 거치며 아르님은 더더욱 개에게 집중하게 됐으리라 짐작할 수 있다. 인간과는 그 누구와도 필생의 반려자가 되지 못했으니 "일단 사랑하면 마지막 숨을 쉬는 순간까지 변함이 없"는 개가 분명 더 가치 있게 느껴졌을 것이다.

이 책은 아르님이 일흔 살에 쓴 유일한 에세이다. 제2차 세계대전이 발발한 뒤 미국으로 이주해 그곳에서 인플루엔자로 사망하기 불과 5년 전이었다. 파란만장했던 인생을 정리해 자서전을 쓰기 적절한 시기에 아르님은 이제 더는 인간, 특히 남자에게 기대를 걸지 않게 됐다. 자신에게 가치 있는 존재는 개밖에 없음을 깨닫고(가장 사랑해마지않은 개 윙키가 죽은 것과도 깊은 연관이 있었을 것이다) 그들의 사랑과 헌신을 기리는 방식으로 자신의 삶을 돌아보고자 했던 것 같다.

아르님에게 개들은 여성을 도구화하는 당시의 분위기에서 숨통을 틔워준 유일한 탈출구였다. 개들은 어른으로서 반드시 지켜야 한다는 낡은 예절과 관습에서 벗어나 자유로운 아이로 돌아가게 해주었고, 책임과 의무를 강요하는 사회에서 도망쳐 산과 들을 뛰어다닐 수 있게 해주었다. 첩첩산중에 폭풍우가 몰아치는 밤이나 북적이던 손님들이 모두 돌아가버려 텅 빈 낮에도 개만 있으면 외롭거나 무섭지 않았다. 개들은 충직하게 아르님을 지켰고, 아르님은 개들을 아낌없이 사랑하고 의지했다.

물론 지금의 시선에서는 고개를 갸웃하게 되는 장면도 있다. 독일이라는 새로운 환경에 적응하는 데 큰 도움을 준 소꿉친구 코르넬리아는 아르님의 연이은 임신과 출산, 육아에 밀려 잊힌 채 죽어버렸고, 덩치만 크고 전혀 활기 없는 잉굴프는 사육자에게 되돌려졌으며, 공격성 때문에 중성화한 뒤 늙고 추하게 변해버린 핀처는 결국 안락사당하고 말았다.

그러나 겉으로 드러난 결과와 현상만으로 아르님의 사

랑을 의심하기에 그녀의 인생은 너무 험난했고 상황은 복잡했다. 몇 번의 결혼과 이혼, 그에 따른 이주, 양차 세계대전이 이어졌다. 또한 19세기 유럽에서 처음 동물 보호법이 제정되었지만, 민간에서 동물을 대하는 태도는 법을 따라가지 못했다. 이 책이 출간된 해와 비슷한 시기에 나온 어떤 책에는 집에 있던 개가 연거푸 새끼를 낳자 개체 수 조절을 위해 막 세상에 태어난 새끼들을 물에 빠트려 죽인 일화가 등장한다. 차마 직접 새끼를 '처리'할 수 없어 옆집 사람에게 부탁한 것을 휴머니즘의 발로 정도로 묘사하기도 한다. 그런 분위기를 감안하면 아르님은 개에 관해서는 자신이 할 수 있는 최선의 노력을 다했다고 볼 수 있지 않을까. 또 자신이 겪은 다른 민감한 문제들은 이 책이 자서전이 아니라는 핑계로 언급을 피하거나 뭉뚱그리고 지나가면서도, 개에 관한 한 자신의 결정과 행동을 솔직히 고백하고 깊이 후회한다. 이해받지 못할 줄 알면서도. 이런 점이 그녀에게 면죄부를 주지는 못하겠지만 연민을 느끼게 한다.

아르님이 극구 주장하듯 이 책은 자서전이 아니다. 그러나 작가 생전에도 수많은 독자를 매혹했던 능숙한 글솜씨로 네발 달린 친구들에게 바친 헌사는 어떤 자전적 소설이나 회고록 못지않은 진한 감동을 준다. 유럽 도처는 목가적이고 관조적으로 묘사되어 마치 그곳에 가 있는 듯 생생하고, 결연하게 살아가리라 다짐하게 되는 과정은 철학적이며, 허례허식 가득한 인간 군상의 묘사는 위트 있고 유쾌하다. 무엇보다 네발 달린 친구들의 사랑과 헌신으로 조금씩 성장해가는 아르님을 흐뭇하게 지켜볼 수 있다. 비록 여러 이유로 개들과 이별했지만 윙키의 죽음 앞에서 보여준 아르님의 성숙한 태도는 개를 싫어하는 아버지 때문에 아무 소리 못 하고 빌닷을 보내야 했던 어린 시절과는 하늘과 땅만큼 달라져 있다. 결국《내 인생의 모든 개》는 삶에서 가장 큰 기쁨이자 스승이었던 열네 마리의 개와 함께 성숙해나간 엘리자베스 폰 아르님의 성장기이자 자서전이라 해도 무방할 듯하다.

그리고…… 나의 개 열네 마리

이 책을 번역하는 도중에 공교롭게도 내 인생의 모든 개 역시 열네 마리라는 사실을 발견했다. 이 책을 쓸 당시 엘리자베스 폰 아르님에게는 칭키와 노비가 있었지만, 지금 내게는 개가 없다. 앞으로도 반려견을 들이지 않을 생각이다. 코코만큼 충직하고 칭키만큼 현명하며 윙키만큼 나만 사랑해준 개들을 끝까지 지켜주지 못했기 때문이다.

내가 얼마나 노심초사하며 어미 개의 출산 바라지를 했든, 파보에 걸린 강아지와 교통사고 당한 개를 끝까지 살려보려고 얼마나 애를 썼든, 한 번만 더 개 짖는 소리가 들리면 죽여버리겠다고 각목을 들고 설치는 옆집 남자 때문에 좋은 집을 찾아 개들을 보내려고 얼마나 애면글면했든 간에 지금 내 곁에는 개가 없다(아르님과 달리 나는 비겁해서 구구절절 핑계가 많다).

책임지지 못한 반려인이었다는 죄책감 때문에 이제 개에게는 관심조차 주지 않으려 했는데 이 책을 번역한 덕분에 원 없이 울고 웃으며 나의 열네 마리 개들을 실컷 떠올렸다. 동시에 아르님이 부러웠고, 네발 달린 동반자들의 이야기를 써줘서 감사했다.

아르님이 새끼를 잃고도 의연한 청키로부터 '이성적이고 건전하고 어떤 타격이 오기 전까지는 (기가) 꺾이지 않을' 삶의 태도를 배웠듯 나도 이제 죄책감은 죄책감대로 남기되 나를 성장하게 했던 개 열네 마리를 오래도록 기억하는 반려인으로 남으리라 마음을 다잡는다.

끝으로, 아직도 개의 매력을 경험하지 못해 망설이고 있을 누군가에게 책의 한 구절을 바친다. 단 해러즈 백화

점에 가서 개를 구해 오지 말고 꼭 입양하시길.

그러므로 나는 남자든 여자든 상관없이 오래 혼자 있어서 용기가 잘 나지 않는 사람에게, 이야기할 대상이 없어서 밤만 되면 겁이 나는 사람에게, 불을 끄고 쓸쓸한 침실로 혼자 들어가기 싫은 사람에게, 애정은 넘쳐흐르는데 애정을 쏟아부을 대상이 없는 사람에게, 오래 사랑받았지만 무슨 이유에서인지 지금은 그렇지 않은 사람 모두에게 해러즈에 가서 개를 구해 오라고 권하고 싶다. 그곳에는 사람의 기운을 북돋아주고 보호해주고 싶어 안달하는 친구들이 줄을 서서 당신을 기다리고 있을 것이다. 그 친구들은 실컷 베풀고도 보답으로 아무것도 요구하지 않고, 무슨 일이 생겨도 불평하지 않고, 화를 내지 않고, 판단하지 않을 것이다. 그리고 자신들에게 어떠한 죄를 저질러도 대수롭지 않게 여기며 즉각적이고 기꺼운 마음으로 용서해줄 것이다. 실로 성자라 할 만하다. 그것도 활기찬 성자다. 또한 인간 성자들만큼 셀 수 없이 많고, 높이 평가받을 가치가 있다. 훌륭한 개보다 더 완벽한 성자는 아마 발견하기 어려울 것이다.

이리나

휴세 에세이 003

내 인생의 모든 개

1판 1쇄 발행일 2023년 8월 14일

지은이 엘리자베스 폰 아르님
옮긴이 이리나

발행인 김학원
발행처 (주)휴머니스트출판그룹
출판등록 제313-2007-000007호(2007년 1월 5일)
주소 (03991) 서울시 마포구 동교로23길 76(연남동)
전화 02-335-4422 **팩스** 02-334-3427
저자·독자 서비스 humanist@humanistbooks.com
홈페이지 www.humanistbooks.com
유튜브 youtube.com/user/humanistma **포스트** post.naver.com/hmcv
페이스북 facebook.com/hmcv2001 **인스타그램** @booook.h

편집주간 황서현 **편집** 이은서 이성근 김대일 **디자인** 유주현
용지 화인페이퍼 **인쇄·제본** 정민문화사

ISBN 979-11-7087-032-6 04840
979-11-6080-486-7 (세트)

• 이 책은 저작권법에 따라 보호받는 저작물이므로 무단 전재와 무단 복제를 금합니다.
• 이 책의 전부 또는 일부를 이용하려면 반드시 (주)휴머니스트출판그룹의 동의를 받아야 합니다.